AUN AMANCECE GRATIS

Edith Verón S.

PROLOGO

¿Cómo se empieza a contar una historia? ¿Como tomas el valor de decirle a alguien todo lo que te ha pasado en la vida? Como tomas el valor cuando la historia tiene tantos matices negros, cuando te costo trabajo empezar a hablar de ello, hasta te costo admitirlo. Admitir todo lo que pasó. ¿Cómo podría ordenar todo en mi cabeza?
Como empezar con aquel día en que tu vida cambio y jamás volvió a ser igual. Debido a que tú ya no eras igual.

Toda historia debería tener un final feliz. Todos deberíamos encontrar la paz al final de nuestra historia de terror.

Al final solo estoy aquí, escribiendo mis pensamientos, no hay tranquilidad, no se encontrar paz.

Sin dejar de pensar el día que salí de mi infierno, pero jamás volví.

CAPÍTULO I

¡Hey! No muerdo cariño.

Estaba sentada junto al arrollo que lleva al pueblo de Moncheeart. Lejos de todo pensamiento, recorrí mi vista por el pasto verde y lleno de roció de la mañana, escuchaba el agua correr por el rio, largo y tranquilo, el sonido de los animales correr a través de los pequeños árboles, observando los insectos subiendo por mis zapatos.

Un momento para mí, paz y quietud. Sin todas esas preocupaciones de la vida diaria. Como mi hermano Marcus, es pequeño y altanero. Difícil de creer que siendo ya tan pequeño pueda ser tan petulante. Mi madre, Margget, con su frecuente preocupación sobre mi futuro y sobre cuanto eh crecido, tal vez yo me eh vuelto igual de soberbia que todos los demás jóvenes de mi edad.

Pero nunca me eh creído parecida a mis amigos de la escuela, como Natalia, ella y yo nos hicimos amigas, tiempo después nos volvimos muy cercanas es casi como mi hermana, ella es el tipo de persona que le encanta que su pelo le caiga en rizos por la espalda, cuida mucho su apariencia, talvez siempre le tuve algo de celos porque todos los chicos de Moncheeart *-aunque no eran muy guapos-* siempre la miraban y le rogaban por llevar sus cosas, en cuanto a mi casi nadie me ayudaba o saludaba, yo soy el tipo de persona que pasa desapercibida, excepto por mi mejor *-enamorado-* amigo Meech, hace un año me rogo porque saliera con él, pero yo lo veía más de una forma amistosa más que de otra cosa.

Meech siempre ha sido el tipo de chico que ayuda hasta a la mosca que se posa en tu comida. Tiene una linda sonrisa y un pelo caramelo que llevándolo corto lo lucia muy bien, de echo Meech no está nada mal.

Hablando de mis compañeros de escuela, Melani *–la engreída Melani-* , ella es la típica barbie de pueblo, pelo rubio, largo y sedoso, nariz respingada, dientes perfectos y buen cuerpo, pero es una persona que empujaría a una abuelita si se atravesara en su camino. Llego el verano pasado en una limusina color rosa, su padre que vive en Miami, *-la ciudad más ¨glamorosa¨ en esos instantes-,* según ella, la mando aquí con su tía la señora Rosa, estuvo haciendo pucheros y se quedo afuera la primera noche porque no le agradaba estar ahí, yo la evito cada que puedo, su padre como hombre de negocios trata de convertir al lindo pueblito, en un lugar turístico.

Al final está un chico del que estuve enamorada casi mitad de año, Jess, es un chico misterioso, cabello negro con unos cuantos chinos que si se lo deja crecer le lucen muy sexys tapándole los ojos azul con unas motas verdes, parecía que sin hacer esfuerzo tenía un cuerpo excepcional, está a punto de cumplir los veintidós el año que viene, es el galán rompe corazones de Moncheeart, ya que a cada chica con la que estaba si a él le aburría, solo le dejaba de hablar y de ver, así de fácil era, cada ciertas semanas se veía salir de su apartamento una chica llorando.

Hasta a Melani también le toco lo suyo, tuvo sus roces con él y después de que la había utilizado como él quería le dijo que era una zorra y que no la quería ver nunca más en su casa, recuerdo esa noche muy bien, yo iba pasando enfrente de la casa de Jess.

-Jess no tienes que comportarte fuerte cuando sé que me deseas… - le dijo Melani con tono seductor. Casi chillaba. Pero a mí me pareció algo un poco patético.

-Mel, debes irte, no quiero verte. – Dijo Jess harto.

-Pero Jess… - se le escapo un grito parecido a un gato.

- ¡Eh dicho que te largues! – Jess se había enojado y agarraba la puerta con una de sus manos.

-Jess debes saber que nadie te dará lo que yo te di. - le dijo resignada.

-No quiero a nadie parecido a ti.

-Basta cariño, entremos a tu casa y hablemos de esto…
con menos ropa – le susurro.

Apenas la escuché cuando iba caminando por ahí, pero emití una risita al oír a esa zorra ofrecérsele así a mi sueño platónico.

En eso vi que Melani, volteo y me fulmino con la mirada con esa cara tan suya de *te tirare un tacón en la cara*-. Yo simplemente me voltee y camine más rápido, solo oí lo último que se dijeron.

-Mel, debes irte, no quiero ofenderte. – le dijo Jess tratando de contener la calma.

-Jess…te daré lo que quieras. – le suplico Mel.

-Melani, ¡pareces una zorra por dios!

Solo se oyó el choque de la mano de Melani y del cachete de Jess atreves de toda la calle principal de Moncheeart, y segundos después de la puerta de Jess cerrarse y de los tacones y sollozos de Melani al irse.

Ese día fue tan perturbador para mí, como para Jess y Melani, tan solo pensar que estuve enamorada de ese maldito patán por tanto tiempo me asqueaba, solo utilizaba a las mujeres como él quería y como se le antojaba, era un poco asqueroso, yo solo conocía las relaciones de un beso y agarrarnos de la mano, y no duras y carnales como las que tenían Jess o Melani, con sus diversas parejas.

Muchas chicas de mi clase de repostería son bellas y aventadas y la mitad de ellas ya habían bajado los calzones a Jess, antes del último ciclo de la preparatoria excepto claro yo y Nata... Bueno solo yo.

Alguna vez recuerdo que me hablo,fue muy amable, algo arrogante, pero interesante y a la vez dulce, yo en ese momento me sentía patética.

Antes en mis años de preparatoria yo sentía ser una pequeña rata de laboratorio, siempre metida en libros o investigando algo para la escuela o tomando clases extra todos los días. Yo era la típica niña nerd que nadie quería. Hasta que llego Steven, él fue mi primer novio, era guapo alto delgado, pero sabía cómo conquistar a una chica. Lo conocí un día en la biblioteca.

-Hola. – me dijo una voz algo grave.

Voltee la mirada y ahí estaba él parado a mi lado con el mismo libro que yo, era como un sueño, ya que fue el primer muchacho en el que yo me fijaba.

-Hola. - Le respondí.

-Eh oído sobre ti, eres mmm... ¿Minerva Blend es verdad? – levanto la ceja mientras pronunciaba la última palabra.

Como odio ese nombre Minerva, se oye tan de madrastra tan renacentista tan... Minerva. Solté una leve carcajada, para que notara mi desagrado.

-Sí, dime Min.

-Okey Minerva. - Voltee y me puso una sonrisa perfecta y burlona. Yo fruncí el ceño y me giré.

- ¿Cómo supiste como me llamaba? Y por cierto ¿Quién eres? - Lo dije con un poco de voz cortada ya que su sonrisa me había dejado sin aliento y para cambiar su cara de satisfacción por haberme hecho sentir incomoda.

Se acercó a mi oído y yo me estremecí, él lo noto, pero no le importo. Sentía su sonrisa al lado de mi oreja, pero yo no me moví, se me hacía tan extraño que un chico se acercara tanto a mí, que en seguida reaccione y me aleje.

- ¡Hey! No muerdo cariño. – y me vio con esa sonrisa perfecta y sus largas pestañas.

-Puedes irte ¿por favor? –Me guiño el ojo y yo me removí incomoda en mi asiento, y después se volvió a acomodar al lado de mi oreja ahora roja por la pena que sentía por el contacto de su piel.

-Se cómo te llamas porque quise conocer tu nombre, y se dónde estarías porque te eh perseguido por todos los salones en los que has estado los últimos dos días. Y note que siempre terminas en la biblioteca…- dijo con un tono acosador, que me erizo la piel.

Me quede paralizada, no sabía si sentirme alagada o aterrorizada, que fuera un loco o algo peor. Pero era tan encantador... Voltee y le eche en cara lo que pensaba.

- ¿Acaso eres un acosador o algo parecido? – Se río a carcajadas por mi arrebato y después puso cara seria, pero yo alce una ceja pidiendo respuesta.

- ¿Acosador? Minerva ¿tengo cara de acosador?, ¿tengo cara de querer hacerte algo?, no, todo lo contrario, Minerva –se me acerco y puso su mano en mi hombro. Era bastante simpático.

- ¿Todo lo contrario? Eres raro, yo solo hablo con Natalia y Meech. Y a ti ni te había visto por los pasillos – creo que estaba siendo demasiado sincera con él, mi primera intención era que se arrepintiera de haberme hablado.

-Exactamente. Bueno Minerva, eso me hace peculiar entre los demás ¿Qué no?, y al parecer tu no querías verme. Estoy en tu clase de economía, de relaciones y de cálculo – pero entre más sincera era, parecía que a aquel chico le atraía ese tipo de comportamiento.

-Ah –Me quede estupefacta ahora no quería que se fuera.

-Minerva, creo que te eh dejado sin habla.

-No, no –Apenas pude articular.

- ¿Mañana tienes tiempo libre? – dijo relajado.

-Si – dije con rapidez.

- ¿A qué hora Minerva? –Me dijo al odio casi burlándose, pero muy elegante.

-A las cuatro después de Ciencias –Lo dije a tropezones, estaba nerviosa.

-Bien, te veré a las cuatro– hizo ademan de que se retiraba.

- ¿Te vas? – le dije ansiosa.

Se burló de mí, o al menos eso pareció.

- ¿Quieres que me quede Minerva? Te ves algo asustada –dijo muy divertido.

-Apenas te conozco tal vez sea mejor que… - Me puso la mano en el cuello y se acercó a mi oreja, me paralice, yo llevaba una camisa corta, y el contacto de sus dedos con mi piel desnuda y de sus labios con mi oreja fue inquietante.

-Te veré a las cuatro Minerva –Me susurro.

-A las cuatro – Le dije emocionada.

- ¿Emocionada o incomoda? - Como es que lo supo. No lo sé.

-Creo que eres agradable. – le respondí algo seca. Es porque me gustas y hace veinte minutos no te conocía. Dije a mis adentros.

-Bien. – Me sonrió. Justo cuando camino hacia la salida, regreso casi corriendo y me dio un beso en la mejilla y se acercó a mi oreja susurrándome. – Me traes loco –Me guiño un ojo y salió con un gran estilo casi triunfal de la pequeña biblioteca.

* * *

Me quede helada. Me sentía tan ruborizada, porque el chico me gustaba, y no sabía su nombre ni siquiera, tan tonta había sido que no se me ocurrió preguntárselo, me había tomado por sorpresa, sentí que todos los presentes de la biblioteca me veían, y yo me ponía cada vez más roja. Algunas chicas de mi clase conocían a aquel chico porque me miraron con recelo y cuando pasaron por mi lado dijeron algo acerca de él. Esa fue la primera vez que un chico me hablaba, y parecía interesado, me imagino a dos chicos de dieciocho con las hormonas a tope saliendo, un viernes por la tarde.

Era un chico muy agradable. Pero yo era cerrada e indecisa, casi le digo que no y eso casi lo mata.

-Minerva, sal conmigo el resto de la semana –dijo decidido.

- ¿Eh? –Yo estaba confundida porque me había besado, había sido mi primer beso. El primero, pero al parecer él del no. Ya que besaba muy bien.

-Sé que apenas me conoces y yo apenas te conozco, pero quiero que salgas conmigo, lo eh deseado desde aquel día que te vi en calculo, entraste con la cabeza gacha y con tus lentes obscuros cuadrados, una falda hasta las rodillas y una blusa negra. Te veías tan hermosa Minerva. No sabes, me tienes cautivado. Sabía que tenía que salir contigo algún día. – me dijo mirándome a los ojos y eso me dejo cautivada por un segundo, sus ojos color avellana eran como abismos. Pero reaccione porque se quedó callado.

-Apenas te conozco Steven… y creo…- hice una larga pausa y después lo solté por los ojos de desesperación que él me lanzaba, creo que de verdad le gustaba a ese chico y el me gustaba a mí – Me gustas. – le dije sin verlo. Después su mirada me atrapo.

- ¿De verdad Minerva? – dijo ansioso.

Asentí.

-Me haces feliz. No sabes cuánto Min –Dijo con una enorme sonrisa.

Me había llamado Min, por primera vez y sonreí como el gato de Alicia en el país de las maravillas. No solo porque me llamo Min si no porque lo hacía feliz. Fue una sensación algo extraña.

Me había acostumbrado a que me dijera Minerva y eso me hizo detestar un poco menos ese nombre tan de la decadencia de Constantinopla. Aunque no tuviera nada que ver Constantinopla con mi nombre. Pero Steven de verdad me agradaba era mi chico ideal.

Estuvimos de novios más o menos un año y medio. Hasta que apareció Natalia y Melani, en la vida de Steven y yo me fui haciendo una pequeña sombra por mi lento desarrollo corporal. Pero Steven seguía conmigo y no me pude explicar por qué. Pero dos semanas después de mis constantes dudas lo averigüe.

Llegue a casa de Steven un sábado por la mañana sin avisar, ya que cumplíamos el año y medio ese día primero de octubre, aun lo recuerdo bien. Ese día fue tan importante en todos los sentidos. Steven había cumplido veinte años y me aviso que iría a beber al *Bash*, el único bar de Moncheeart más o menos decente. Así que sabía que seguiría dormido.

Cuando iba a abrí la puerta de su casa, me di cuenta que estaba entre abierta y pasé, era pequeña pero agradable, escuche unas risitas en el cuarto de Steven. Rápidamente pase por la sala en la que me llegaron recuerdos de las noches que habíamos visto películas allí. Cuando abrí de un portazo su recamara, estaba Melani medio inconsciente y medio desnuda en los brazos de Steven. Él estaba dormido con una sonrisa de triunfador que me destrozo el corazón, después me volteé y encontré la fría mirada de Nat, que me miraba con arrepentimiento, ella llevaba la camiseta de Steven y sus jeans. Sentí que la cara me ardía y le propiné una fuerte bofetada que la hizo tambalearse.

Me sentí tan destrozada, no por Melani yo sabía que ella era así, que le gustaba vivir haciendo eso sin importar a quien se lleve por en medio. Pero Nat, era mi amiga… mi mejor amiga, ella sabía que yo quería a Steven. Y yo creía que Steven me quería a mí. Después de esa escena se me resbalaron las lágrimas y Steven ya se había despertado.

-Cariño… no es lo que piensas –dijo arrepentido, empujando a Melani de su regazo y saliendo de la cama, solo traía los calzoncillos.

-Me das asco- le dije, con lágrimas en los ojos y la garganta en mi boca.

-Cariño, nena de verdad que…-Lo interrumpí cuando se acercaba a mí. Y mire a Melani que se levantó de la cama, no traía nada puesto más que el top que llevaba mal acomodado y dejaba ver sus partes íntimas, pero al parecer eso no le molesto. Claro era Melani.

-Eres un cerdo, descarado… ¿sabes qué día es hoy? - Le dije casi gritándole, me sentía tan despojada, tan humillada, tan… insuficiente.

-Claro que se –me dijo con más seguridad. Hasta parecía arrepentido.

-Adiós, Steven –le dije. Y eso me había costado demasiado. Me voltee hacia la salida y me propuse a salir, pero me agarró del brazo e hizo que volteara. Olía a alcohol cuando se acercó a mí.

-No me puedes terminar… no hoy –me suplico.

- ¡Y tu si puedes hacerme esto! - le grite llorando, viendo a Natalia y a Melani, señalándolas.

Antes que pudiera irme, me agarro del cuello y me beso. Me sentí tan enfadada. Su aliento me dio asco y lo empuje de su pecho con mis dos manos. Pero alcanzo a agarrarme de la muñeca.

Me solté de él y salí a la calle, el viento fresco de la mañana me hizo volver a la realidad. Me dolió tanto, yo de verdad quería a Steven, él me había enseñado tantas cosas que ignoraba, y su última enseñanza fue, que nunca te debes confiar de los que quieres, hasta ellos te pueden hacer daño.

Cuando Natalia salió de la casa de Steven yo ya iba algo adelantada aun llevaba sus jeans y su camisa, cuando note que me seguía me pare en seco, fui hacia ella y le di una bofetada tan fuerte que hasta la fecha sé que jamás olvidara. Y empezó a llorar.

-Min, estaba tan borracha tan confundida… - sollozo.

-Esa es la excusa más barata. - le escupí.

-Min, nunca quisiera herirte eres como mi hermana… Steven no es nada para mi yo, solo bebí demasiado y me deje llevar, cuando me di cuenta donde estaba… me aterrorice Min. Yo no sabía porque había llegado ahí. Pero Mel, le hacía caricias a tu novio y me pare de un salto y le pregunte que si yo, y me dijo que no Min, juro que no hice nada con Steven.

-Déjalo ya –Le pedí tan fría como pude y conteniendo las lágrimas, de la traición de mi mejor amiga –Deja las excusas Natalia, jamás te perdonare –Le dije aún más seria.

-Pero tienes que hacerlo, Min… solo te tengo a ti –sollozo por última vez, se dio la vuelta y se fue.

Yo me fui corriendo, hasta que encontré una banca vacía junto a un pequeño parque muy lejos de mi casa, que estaba al extremo del pueblo. Llore y me desahogue lo más que pude, no me daba cuenta de que pasaba gente y me miraba raro. Tanto era mi dolor que me dolía el pecho, no podía respirar, las mangas de mi suéter se empaparon por las lágrimas. Se me adormecieron las manos y los pies, me puse en ovillo en la banca, como pude. No podía alejar aquella imagen de mi cabeza, él ahí… con ellas, Natalia…

De repente sentí que alguien me observaba, él al notar que lo había visto verme y que deje de llorar por la sorpresa. Tiro el cigarrillo que tenía en la mano y se acercó a mí, caminando lentamente, casi deslizándose. Y se sentó a mi lado, tomo un suspiro.

- ¿Terminaste? - me dijo arrogante.

- ¿Qué? - dije ofendida y apenas pudiendo contestar por los últimos sollozos que emitía.

- ¿Qué si terminaste?, tu sabes de llorar –dijo algo avergonzado. Y me tendió un pañuelo.

-Claro –le dije limpiándome los ojos con el pedazo de papel que me había dado.

-Amor... ¿em? –dijo dudoso.

-Engaño –le solté.

- ¿Tan pronto? ¿Cuántos tienes? ¿15? ¿14? – dijo algo burlón, supongo para animarme.

-Dieciocho –fruncí el ceño.

-Dieciocho…- dijo pensativo.

- ¿Y tú eres? –dije petulante, ya que, claro que sabía quién era él.

-Oh vaya, que pasa con mis modales muy poco formados, soy Klain, Jess Klain –se paró con gracia e hizo una reverencia frente a mí, que me hizo sonreír. Era gracioso.

-Un gusto señor Klain –dije burlona.

- ¿Y usted es? - me miro con impaciencia, sus ojos profundos color azul chispeaban, pero se notaba los pequeños destellos verdes. Pero antes de que pudiera contestar él dijo –Ah claro usted es la chica que llora –dijo burlón.

Yo me volví a reír, aun que con una mezcla de sollozo. Por mi cara aun rodaban algunas lágrimas.

-Soy Mine... Min –Minerva me traía malos recuerdos. Jess siguiendo en su plan burlón me sonrió.

-Mine...Min. Es un placer –me agarro una mano y la beso.

-Minerva –dije con gran esfuerzo.

-Minerva, es bonito –dijo sincero –Y bien Min ¿qué quieres hacer? –dijo mirando a dos palomas enfrente de nosotros y luego se volvió hacia mí y se echó a reír, a carcajadas, por mi cara de no entiendo lo que dices.

-De verdad Minerva eres interesante. Inocente de verdad –dijo pensativo.

-No soy inocente. ¿Qué que quiero hacer? - por fin articule, se veía tan relajado. Como se sentaba en la banca era suficiente para ver que tenia confianza.

-Okey tranquila. Si Min, que quieres hacer, dime y lo haremos. Tienes una linda sonrisa, no deberías estar llorando por un imbe…- no completo la frase y saco un paquete de cigarrillos de su bolsa y un encendedor. Puso uno en su boca y lo encendió. Yo lo miraba estupefacta ya que no entendí porque no había terminado la frase y ahora parecía nervioso.

- wow –logre decir, pero creo que no fue lo más apropiado.

- ¿wow? - frunció el ceño.

-Si –dije con desconfianza.

- ¿Por qué ese wow Min? - volvía a ser el Jess confiado.

-Porque no terminaste la frase y solo lo evadiste. - se lo dije tan natural, que después me arrepentí. Apenas lo conozco me dije a mi misma. Metete en tus asuntos Minerva.

Me removí algo incomoda, ya que me miraba asombrado. Después se relajó y escupió al suelo.

-Min, yo soy de los imbéciles que rompen el corazón –dejo escapar casi sin aliento.

- ¿Eh? – intente hacer cara de asombro.

-Si Min, aunque claro nunca eh tenido novia, todas dicen que soy el rompe corazones de Moncheeart, pero yo no les ofrezco ir a mi casa nunca, ellas se ofrecen. –Dijo alzando los hombros.

-Ya eres grande para esas cosas. Pero no hay que tratar a la gente como basura. – era una decepción que yo pensaba que Jess era mi caballero de gran armadura. Y solo era un caballero obscuro.

-Min, solo tengo veintidos años, estoy un año arriba por el límite de mayoría de edad –dijo serio.

- ¿Siempre has sido un desgraciado con todas? – Eso también lo dije sin pensar. Voltee tímidamente y él estaba tratando de averiguar a qué me refería, parecía interesado.

-Yo solo les eh sido sincero, tenemos sexo y se van ese es el trato. Siempre lo advierto antes de llevarlas a casa. Ellas lo consienten al principio, pero después se disgustan, siempre se disgustan. – dijo relajado y haciendo una mueca de que importa.

-Así como tu Min, que me hablas directo y al grano, así yo con todas, es la verdad y punto. –dijo viéndome con cara de no me creas un desgraciado.

-No podría vivir así. –Dije lamentándome. Sentía algo extraño por Jess, creo que me encantaba que fuera salvaje, sin reglas, sincero.

Me gustaba, y me hipnotizaba que después de terminar con Steven. Me sintiera tan viva con Jess, sí que las hormonas estaban a tope. Me di cuenta de que me había perdido y el me miraba divertido.

-Qué mal que no sea tu tipo de chico Min. –Dio una calada al cigarrillo y lo tiro.

-Sí, no eres mi tipo de chico… por desgracia. –Me miro divertido y asombrado, me agarro la mano y la beso. Todo mi cuerpo se estremeció, era asombroso. Y esa fue la señal para irme. Ya que los recuerdos de Steven seguían conmigo.

-Creo que debería irme. - Dije apresurada.

-Si deberías Min. Antes de que nos vean y crea alguien que te eh llevado a mi sofá. –Me miro con impaciencia y con decepción.

Me guiño el ojo y saco otro cigarrillo mientras me levantaba y caminaba a casa, pensando en todo lo que había pasado ese día.

La traición de Steven, la traición de Nat, la maldita de Melani, Jess… Jess de verdad creo que me hizo muy bien estar con él, pero era igual o peor que Steven... Un solo vistazo a mi reloj me hizo correr.

Diablos ya era tarde esa platica se me hizo tan corta, pero, duro tanto. Margget iba a matarme. No había alimentado a Chuy y tampoco a las gallinas.

Esos fueron mis días más intensos, cuando volví a ver a Jess en la escuela a veces me guiñaba el ojo porque yo lo miraba muy seguido, pero el casi no volteaba a verme. Deje de hablar con Steven y medio año deje de hablar con Nat, hasta que por fin la perdone, debido a sus insistentes notas y visitas a mi casa; pero jamás se me olvido. Verdaderamente no lo había superado, siempre lo tuve tan presente que me dolía hasta voltear a verla.

Todos conocen a todos, porque somos pocos. Los jóvenes o nacieron ahí como yo, o los mandan por malcriados como, Jess o Mel. Que vivieron en grandes ciudades y con todas las extravagancias que eso trae. Moncheeart es como un refugio para los jóvenes rebeldes de las ciudades, ya que aquí es tranquilo y con mucho orden.

Eh visto cómo llegan los comerciantes de grandes ciudades ofreciéndonos el futuro, en pequeñas cajitas de cartón, en grandes promociones con pantallas brillantes. El alcalde del pueblo; un pequeño ancianito, con una voluntad de hierro, ha echado a los comerciantes todos los años.

❋ ❋ ❋

El grito de mi madre me saco de golpe de mis pensamientos.

- ¡Cielo! Tienes que alimentar a chuy.

Chuy, es la vaca más grande y gorda que eh visto. ¿Que no se puede alimentar ella sola? Comiendo pasto o yo que sé del establo. Cuál es el problema con las vacas, porque no podremos cuidar algo más limpio, algo que se cuide solo. Maldita sea, esas vacas me traen harta, limpia las vacas, recoge la mierda de las vacas, dale de comer a las vacas. Ni que fueran mis hijas. Cuando era niña me divertía recoger mierda de vaca, pero ahora se me hace una asquerosidad.

Mi madre me vuelve a sacar de mis pensamientos arrebatados.

- ¡Chuy te espera!

- ¡Ya voy!

Y yo tan bien que la estaba pasando. Relajada con mis pies remojándose en el rio, es el único lugar en el que puedo pasar un rato tranquilo. Soltar mi mente y dejarla fluir como el rio tranquilo y constante. Fuera de toda rutina aburrida de mi pequeño pueblo.

CAPITULO II

Así será Minerva

-M in. - decía una voz extraña a lo lejos. Apenas comprendía lo que decía y lo que sonaba era mi nombre, si no me equivocaba.

Era indiscutible que era mi nombre, ya que me hallaba sola en ese pasillo, tan largo como la silueta de la noche.

Caminaba descalza con los ojos fijos en el suelo. No sabía hacia donde iba o hacia donde quería dirigirme. Los ojos los sentía hinchados, como si hubiera llorado toda la noche hasta el amanecer, los brazos los sentía adormecidos y flojos, las piernas me traicionaban y daba uno que otro tropezón a causa de mi fatiga tan espantosa. No sabía porque estaba allí ni en donde me encontraba, pero mi mente se encontraba pacifica casi... desconectada. Pero gracias a eso los demás sentidos se agudizaron, olía a un aroma como a limón y medicina; talvez era un hospital o uno de esos edificios con oficinas. El suelo se sentía frio y liso con algunas manchas azules y rojas en diminutos puntos por el camino que yo seguía.

-Min. - insistía la voz que al parecer se encontraba atrás de mí.

Creía estar sola en este edificio que, al parecer, tenía un pasillo bastante largo, casi... interminable. ¿Y quién era aquella voz tan fantasmagórica? Pareciera como si le doliera al hablar, al decir mi nombre; era un hombre con una voz gruesa pero cortada por la angustia o talvez la tristeza. No tuve fuerzas para voltear a ver a aquel hombre que me seguía por aquel pasillo. Me sentía… como si me hubieran arrancado el alma del cuerpo, una fuerza extraña me forzaba a seguir caminando, a no voltear.

Mi mente despertó y mis ojos casi se salen de sus orbitas, me quede sin aire, como cuando alguien te da una patada en el vientre. Me pare y mis manos y piernas se tensaron. Como si estuviera ocurriendo una batalla entre mi mente y cuerpo, con el propósito de averiguar quién era aquella voz y para poder saber dónde me encontraba.

Era una tortura mis manos, piernas y cuello, estaban en total tensión, no cedían a los ruegos de mi cerebro. Mi cabeza seguía gacha con todo el esfuerzo que hacia mi cuerpo por no levantar la vista, pero mi cerebro quería libertad, quería dejar de sentir fatiga y aprisionamiento en el que se hallaba segundos atrás.

Parecía como si mi cuerpo tuviera un cerebro separado al mío y se controlara por sí mismo. En ese instante entendí que no tenía control sobre él, ya que comenzó a caminar, pero aún muy tenso por la resistencia que yo daba.

- ¡Minerva! - dijo la voz en un grito ahogado.

Se vio una luz cegadora, que venía de atrás y me comía.

Explote en mí. Mis músculos se relajaron y caí al suelo.

Era un hospital, el hospital de MRSS. Recuerdo aquel hospital, donde mi vida se volvió un agujero negro.

Abrí los ojos, seguía en mi modo pacífico. Me levanté lentamente y con ahora el control total de todos mis músculos, me volví hacia aquel extraño que se hallaba en una camilla del hospital. Me acerque y note a dos personas muy cerca de aquel señor, que no era muy grande y no era muy joven. Vi a una pequeña niña de diez años máximo y a una señora con un hermoso anillo. La esposa, seguro. Cuando volteé la vista para ver de quien se trataba contuve el aliento y mi mente salió de la estupefaccion, y reacciono. Dije casi sin aliento…

* * *

-Papá.

Salte del susto y me levante de la cama gritando, sudando y llorando. Estaba sola en mi habitación. Sollozaba, no podía contener esos sentimientos atrapados, tan dentro de mí. Tenía unos tres meses que no soñaba con él. Tarde un rato en recuperar el aliento de aquel sueño tan espeluznante. Volteé ala pequeña mesa de noche que tenía alado y vi el despertador. << 3:30 >>

-Siempre a la misma hora. - susurre entre sollozos.

Mamá entro de un portazo y tenía unos ojos de miedo peores que los míos.

- ¿John? - dijo agotada y deprimida.

-Jo…Jo…John. Sí. Papá. – casi no podía hablar.

- ¿Hace cuánto que no tenías el sueño? – me dijo tomándome las manos.

-Dos me…meses. Mamá no sabes cuánto lo extraño- dije conteniendo las lágrimas que estaban a punto de salir de nuevo. Cuando mamá se acercó casi corriendo a abrazarme no pude contenerme más.

Llore, llore como jamás lo había hecho. La gente dice que entre más tiempo pasa es más fácil aceptar la perdida. Pero para mí era al revés cada año que pasaba la carga se hacía más pesada para mí. Cada año guardaba en lo más profundo de mí ser ese sentimiento de pérdida ese sentimiento que me impulsaba a seguir, que ya no se encontraba allí. Él era mi mundo. Y se derrumbó cuando aquel inoportuno tumor apareció.

Fui por tres años a diversos psicólogos y doctores. Ver morir a papá fue lo peor que me pudo haber ocurrido en la vida. Murió mientras yo le cantaba creyendo inocentemente que sobreviviría.

Era un 3 de septiembre, eran las 3:00 de la madrugada en el MRSS hospital, en Dublín...

Papá estaba tan contento se le veía en la forma en la que me miraba y disfrutaba de mi voz.

-... y calientitos los tres en su cama, dentro de un rato los...- sonó un pitido de la pequeña maquina conectada al corazón de papá, me sobresalte y vi al pequeño aparado. No entendía nada de lo que aparecía en la pantalla. Cuando me volví hacia papa él se revolvía en su cama con los ojos en blanco y se le contraían todos los músculos a la vez, me quedé helada.

La enfermera de papá llego inmediato. Llamo al médico de guardia. Ya que el señor Silvert no se encontraba.

Papá seguía moviéndose desesperadamente, yo no entendía nada de eso, su cuerpo era otro, sus ojos, su boca, ...no eran lo mismo. No era mi padre... Estaba tan asustada.

- ¡Deme permiso! - grito alguien detrás de mí.

El doctor.

-Rápido enfermera o le dará un paro cardiaco. - dijo firme.

-Sí señor.

Paso uno, dos, tres, cuatro, cinco, seis ,diez segundos.

- ¡Rápido enfermera!

-Hago lo que puedo señor. - la enfermera preparaba una aguja, pero no lograba sacarla del empaque.

-Deme eso. - el doctor le quito la aguja, la saco de la bolsa y la introdujo en un frasco, saco el líquido amarillento y lo metió en el brazo de mi padre. Pero cuando lo hizo mi papá me sonreía de nuevo.

-Papá. - dije ahogando un sollozo. Me acerque a su cama y le tome la mano que me apretó con fuerza.

-Se valiente, mi pequeña…- esas fueron las últimas palabras que recuerdo que dijo antes de cerrar los ojos y dejar de respirar. Sentí como se iba la fuerza de su mano tomada de la mía. Vi en sus ojos todo mi miedo reflejado.

Dijeron que se repondría, dijeron que todo iba bien, dijeron que el estaría bien. Solo fueron eso palabras. No lo entendía. No lo entendía. Tarde unos segundos en reaccionar, pero lo concebí cuando solo quedo el pequeño bip constante y una línea seguida en aquel monitor.

- ¿¡Papá!?¿¡Papá!?. ¡No papá, por favor! No puedo ser valiente sin ti. Papá. Prometo ser buena, prometo estar con mamá y contigo. Papá por favor… ¡Papá! Seré buena, papá… seré buena. - estaba destrozada, solo quería que volviera. Solo quería verlo sonreír, solo quería… estar con él.

-Papi… solo quiero estar contigo papi. Por favor no nos dejes solitos a mamá, a Marcus y a mí. No me dejes sola, papá. ¡Lo prometiste!, ¡Papá! -

Las lágrimas brotaron sin control por mis ojos y rodaron por mis mejillas hasta la mano de papá en la que estaba recargada. Estaba devastada. Él era mi todo, era mi padre.

- ¡PAPA! - Salió un grito gutural que me rasgo mi garganta. Y llore sin control.

Mamá entro corriendo por la puerta del dormitorio de papá y me agarro de los brazos… me jalaba hacia afuera. Yo me aferre a la camilla de papá, no quería irme no quería dejar a papá solo, podía despertar y yo no estaría allí. No quería salir. No quería dejarlo ir…

- ¡Papá! ¡No! ¡Lo prometiste papá! ¡¡Lo prometiste!!…

Grite y patalee a mi madre.

Cuando por fin me venció y me llevo al pasillo, estaba obscuro y se veía como un pasillo infinito. Yo estaba invadida por la tristeza al igual que mamá. Nos derrumbamos en el piso y lloramos, lloramos juntas. Yo lanzaba gritos estruendosos y abrazaba a mamá más fuerte. Ella fue valiente, yo no pude.

Desgarre mi garganta por dos horas. Estaba agotada mental y físicamente.

Me pare del lado de mi madre y con mi largo vestido amarillo suelto camine por el largo pasillo del hospital. Camine, solo camine. Tiempo después regrese.

Mamá estaba sentada en una silla durmiendo. Yo entre al dormitorio de papá una vez más. Y me senté a su lado. No me atrevía a voltearlo a ver. Solo tomé su mano y la apreté.

Se escapó alguna que otra lagrima. Coloque mi mejilla junto a la mano sin vida de mi padre. Y se la bese.

Levante la vista con mucho esfuerzo y lance un sollozo.

Estaba helado, con los ojos cerrados. Pero no se veía como mi padre. Era un hombre demacrado, con marcas en la piel y poco pelo. Le apreté con más fuerza la mano. Y lo comprendí, él fue valiente por tres años. No mostro debilidad alguna. El aguanto, aguanto y aguanto. Él era un hombre fuerte. Lo fue por mamá, lo fue por Marcus, lo fue por mí.

Era tiempo que yo fuera valiente por mí y por mi familia.

Me acerque y le bese la frente y susurre valiente.

-Es mi turno de ser fuerte, papá. Es una promesa. - lo último lo dije casi sin aliento y sollozando, pero me contuve.

Tomé fuerzas y salí de su habitación. No volví la vista atrás.

Después de ese día jamás volví a ver el rostro de mi padre de nuevo.

* * *

Seguía llorando incontrolable en el hombro de mamá, notaba como su bata tan suave se llenaba de agua y le mojaba la piel, trate de separarme para evitarlo, pero mi madre me abrazo cada vez más fuerte y no me dejo separarme de ella.

Entre más me abrazaba más tenía la necesidad de llorar, de sacar todo eso que había guardado tanto tiempo. Había afrontado la muerte de mi padre, y había prometido en la cama de su hospital ser fuerte y no doblegarme por nada. Me volví una persona fría con mi madre y con mi hermano, casi con todo el mundo, era difícil que yo demostrara cualquier manifestación de afecto. Prometí ser valiente.

-Yo también sueño con tu padre mi niña...- dijo mi madre sollozando. Estaba llorando y no me había dado cuenta. -No te sientas mal, él hubiera querido que fueras feliz, como antes de que el enfermara, no te pido que pienses que el sigue con nosotros, porque lo hemos perdido. Pero el siempre seguirá vivo en nuestros corazones y recuerdos. Mi niña... nunca lo olvides tu papá te quería mucho...muchísimo. - lo último lo dijo cerrando los ojos y apretando la boca para ahogar el llanto.

Se levantó de mi cama, me beso en la frente y se fue.

Me quede ahí, sentada, tratando de controlar mi respiración. Me llego un recuerdo algo brumoso. Algo que no recordaba con certeza, algo que mi subconsciente escondió tanto tiempo en mi cerebro y no me permitía tener acceso a aquellos recuerdos. Era de papá, el recuerdo era de papá, del hospital. Una noche antes, lo tenía agarrado de la mano y me pedía que fuera a descansar.

* * *

-Min, mi cielo... debes... ir a dormir... ve con ma...má- le costaba hablar, en su cara se veía el sufrimiento que no me quería hacer notar.

-No papá, estoy bien. Me quedare. No quiero dejarte aquí solo, tu duerme papi-le dije segura, aunque la verdad estaba muy cansada.

-Corazón… nuestra misión en la tierra es ser felices… se … que te gusta hacer… felices a otros… pero… tenemos que preocuparnos de nuestra…propia felicidad… y de nuestros propios sueños, aparte que puedes… hacer feliz a alguien, siendo feliz tú. Mi niña, Min, tú ya me has hecho muy feliz, pero me harías más feliz si descansaras mi niña…- el recuerdo es algo vago, algo inconcluso

Antes de salir de su habitación, acatando a la petición que me había hecho me volví y lo vi a los ojos.

-Min, prométeme…- la frase se queda flotando en mi memoria no recuerdo las palabras que me dijo.

-Papá te quiero muchísimo, descansa –lo dije con total sinceridad.

Era tarde y yo estaba adormilada tal vez por eso no recuerdo esa frase, esas palabras que formaban parte de un todo. El recuerdo se va flotando y se me olvida, se me escapa, de tan cerca que lo tenía. Se va flotando a lo más escondido de mi memoria.

Ese lugar a donde se van todos los recuerdos perdidos, como los lugares que visitaste cuando eras bebe, de cómo se sentían los besos de mi madre en toda la cara y de las manos que me protegían de todo, las manos de mi padre.

❊ ❊ ❊

Voltee a ver el reloj-despertador, las <<7:45 am>>, ya era temprano y yo tenía que ir a la escuela. Me levante despacio de mis blancas y ligeras sabanas e hice a un lado mi pesada colcha café, pase la mano por encima, es una sensación agradable, la tela es suave y tersa, y el color me agrada.

Sonó el despertador y me sobresalte, me voltee y lo apague de un manotazo, por el susto que me había ocasionado. Me voltee rápidamente y me dirigí al cuarto de baño, abrí la llave de agua caliente y me introduje en la bañera me relaje y me talle con la esponja suavemente produciendo una espuma espesa que caía por mis hombros. Era un efecto relajante después de la noche que había tenido.

Salí de la casa con una larga cola de caballo amarrada fuertemente con una liga, me eché la mochila a la espalda, la noche anterior había llovido, por suerte yo llevaba unas botas hasta las rodillas entonces no me costó pasar por el pasto lodoso para dirigirme al pueblo. Me despedí de mi madre con una sonrisa y me alejé.

Era un día soleado, casi sin nubes, el pueblo estaba tranquilo como casi siempre, el pasto y la tierra olían excelente, amo el olor de tierra mojada. Llegando por fin a la calle principal de Moncheeart pude caminar mucho más rápido.

Olía delicioso a pan recién horneado y a chocolate derretido, era la panadería de Don Sam, siempre preparaba los mejores pasteles y pequeños panquecitos para las fiestas. A parte de ser un señor muy agradable era un estupendo panadero.

Al pasar por la casa de la señora Rosa vi a Melani salir con una minifalda rosa apretada y unas botas negras de tacón y para variar una blusa con un escote en pico que le hacía notar mucho sus "cualidades". Volteo hacia donde estaba y me miro con su cara de <<que fea te ves con eso >>. Me importo un poco su cara de desprecio y le sonreí.

Casi llegando a la escuela me encontré con Steven que estaba con Natalia, que por supuesto se sonrojo al ver que yo los había visto. Yo pasé le sonreí y dije

-Hola Nat- fingiendo no dar importancia que Steven estuviera ahí y después lo miré con los ojos en blanco–Steven – le dije.

-Hola Min- contesto Nat nerviosa.

-Hola Minerva- dijo Steven sonriendo.

-Te veo en un segundo Min – dijo Nat aun nerviosa.

Yo solo asentí y me dirigí a nuestra aula al final del pasillo. Camine con pasos firmes y ansiosos.

Supongo que Nat pensaba que encontrarla con Steven solo aclararía lo que antes creía que había pasado en la casa de él. Pero justo ahora no me importaba, estaba muy distraída como para enojarme. No los había visto juntos desde hace mucho y me sorprendía, pero yo sabía que algún día se volverían a hablar.

En la puerta del aula cinco estaba Meech.

-Hola Meech…- le dije casi susurrando.

- ¡Min! –a comparación mía, el parecía muy animado

Me alzo en volandas y me beso en la mejilla. Reía y me abrazaba muy fuerte. Por un momento la felicidad que el sentía me hizo reír y relajarme un poco. Meech es mi mejor amigo desde hace unos años, lo quería de verdad era una de las pocas personas que siempre habían estado ahí para mí. Él es especial. De maneras que la mayoría de la gente no imagina. Es simpático y siempre me hace sentir bien.

Con el puedo ser yo misma.

-Minerva Blend… - me miro pícaro y a mí se me pusieron las mejillas rojas. –Eres la cosa más bella que eh visto, ¿puedes creerlo? Me alegras siempre Min eres asombrosa. Y… claro no son las únicas buenas noticias ¿sabes?

-Oh…- se me escapo un suspiro. – y ¿Cuáles son las buenas nuevas? – dije enseguida ya que frunció el ceño después de incomodarme. Y después sonrió y me guiño el ojo.

- ¿Recuerdas a Renata? – dijo con un brillo en los ojos.

-Si – murmure ya sabiendo lo que me iba a decir.

Desde hace unos meses Meech ha estado saliendo con Renata, es el tipo de chica que no te hará caso a menos que hables de ella, es muy admirada por sus grandes pechos, de tercer año, el tipo de persona que trata de demostrar siempre algo. Y Meech era prácticamente el galán perfecto para ella.

-...Pues lo hemos hecho un par de veces, pero ella...-

- ¿Eh? –lo interrumpí estaba confundida, me había perdido la mitad de la conversación. ¿Meech teniendo sexo? No lo imaginaba.

- ¿Min me estas prestando atención? Se supone que eres la mejor amiga, tu deber es ayudarme. – dijo irritado.

-Sí, solo que estoy distraída. –le dije viéndole el anillo que llevaba en el dedo.

-Pues a ver, eh tenido mucha accion últimamente con Renata, pero no somos nada y ella me ha pedido que pasemos al próximo nivel, pero eso me lo dijo mientras lo hacíamos y no le pregunte más. ¿A qué se refería Min? ¿A qué quiere otro nivel de... sexo? ¿O que quiere un novio?, dime que lo primero Min... –se pasaba la mano por el pelo nervioso.

- ¿Sexo? ¿Cogían? –dije ahora confundida.

-Si Min. Es natural. ¿Lo recuerdas? – alzo una ceja.

-Ah, claro... es que para mí... olvídalo. –dije distraída.

-Sé que eres... virgen Min y que talvez no entiendes mucho de esto...aunque... -dijo pensativo.

- ¿Qué?

Se acercó a mi oído y me tomo del pelo, se acercó lo suficiente para que sintiera su entrepierna. Eso me dejo sorprendida y ofendida y en cierto modo muy extraño me excito.

-Yo podría hacerte entender acerca de ese mundo Min, si me dejaras. – se acercó mucho más y su ereccion se coloco en mi entrepierna, por alguna extraña razón eso sí que me excitaba.

Estábamos solos en el pasillo y su aula estaba abierta. Me empujo contra la puerta yo voltee nerviosa hacia todos lados. Él tenía su boca muy entretenida en mi cuello y sus manos empujaban mi cadera hacia la suya. Después su boca se deslizo hacia la mía y la envolvió con su lengua insaciable.

Me agarro de mis piernas y las puso en su cadera.

-Enróllalas Min –dijo dulcemente.

-Meech no creo…

-Shhh, tranquila. –me dijo eso tomándome las piernas. Yo estaba inmóvil. Era como si mi cuerpo estuviera desconectado de mi cerebro, de mi cordura.

Yo muy confundida las enrolle estaba en shock, no comprendía aun que pasaba a mi alrededor ni que estaba haciendo con Meech, talvez lo deseaba más de lo que sabía. O talvez no lo deseaba a él, sino a lo que iba a hacer con él.

Sexo… duro y salvaje. Ser alguien diferente, dejar de ser la tímida Min.

Me cargo hasta una mesa y cerró la puerta. Se quitó la camisa con agilidad y me quito la mía más rápido de lo que pensaba. Me agarro los pechos y me recostó sobre la mesa y me quito una de las copas del *brassier* y me beso el pezón.

Cuando entendí que estábamos a punto de hacer me pare de la mesa, con medio orgasmo en mi estómago.

-No lo hare contigo Meech. –dije con la mirada perdida.

- ¿Qué? Te veías decidida cuando estábamos en la puerta. –me dijo algo molesto.

-Sí, pero no lo hare con alguien a quien no deseo Meech. Y tú tienes suficiente sexo como para querer más. – le dije algo avergonzada.

-No es verdad. –frunció el ceño.

- ¿y qué paso con las tetas grandes? –lo mire mientras me acomodaba el *brassier*.

-No es que no disfrute de "tetas grandes" como la llamas. – dijo desilusionado. – es que yo te deseo a ti Minerva… Y si no basta eso te deseo en mi futuro Min te deseo como mi esposa, te deseo… te amo. –me vio confundido…me asusto, esto había ido demasiado lejos.

-Perdóname Meech… -le dije poniéndome la camisa – pero yo no te deseo de esa forma… Y eso no se me hace nada justo Meech. Tengo que serte sincera y espero que algún día me perdones, pero yo no me veo… de tu… tu sabes, de tu esposa. –dije avergonzada.

Era mi mejor amigo y hace tres minutos le hubiera entregado mi virginidad solo por el deseo de sentir el placer, tal vez un placer que me negaba a mí misma. No quería arruinar nuestra amistad y tampoco quería andar cogiendo en las aulas de la escuela.

- ¿Qué te eh echo yo Min? ¿Por qué no me deseas como te deseo yo?… eh tratado, de verdad que eh tratado de siempre ser como el hombre que deseas. –dijo casi gritando y casi llorando. Me sentí muy mal.

-Talvez ni yo sepa cómo es el hombre que quiero Meech. Y tu hoy estuviste muy irrespetuoso, no puedes llegar y hacerme eso solo porque se te antoja. – le dije poniendo mis manos en la cadera.

-No escuche que tú dijeras que no Minerva…- dijo susurrando.

-No, no dije que no y ese fue mi primer error, abrirte paso y hacerte pensar que quería hacer esto contigo. No Meech no quiero hacer esto, no aquí, no ahora y perdóname, pero no contigo. Creí que ya habíamos aclarado que no podemos ser más que amigos Meech. – eso ultimo lo dije casi gritando.

Abrí la puerta y había varias caras viéndome sorprendidas, me puse roja y salí caminando muy firme y con pisadas muy fuertes.

Si antes me sentía confundida y triste, ahora me siento mucho más confundida, mucho más triste, muy ofendida y enojada. No sé si alguna vez pueda ver de nuevo a Meech de la misma manera que antes.

Entre a mi salón con diez minutos de retraso.

-Señorita Blend. Salga un minuto por favor. –dijo mi profesor y salió por la puerta antes de que pudiera sentarme.

Nos habría visto a mí y a Meech en el aula. Seguro sí.

- ¿Qué ocurre profesor? – dije con la voz ahogada.

-Me preguntaba porque mi estudiante estrella lloraba. –me dijo el profesor algo preocupado.

No había notado que estaba llorando y a mares. Mis ojos estaban llorosos y toda mi cara estaba mojada. El profesor siempre había sido siempre muy amable con todos sus estudiantes, era de los pocos que se preocupaba no solo por nuestras calificaciones.

-No lo había notado…- dije confundida.

- ¿Qué ocurre señorita Blend? ¿Todo está bien?

-Nada profesor. Solo me siento mal. ¿Me puedo retirar? –le dije limpiándome la cara.

-Claro. Si tiene algún problema, sabe que puede comentármelo.

Se asomó a la puerta del aula y grito algo que no pude entender de tan aturdida que estaba.

De repente salió Natalia corriendo con mi mochila. Yo me quedé sorprendida. No quería ver a Nat… me recordaba a Meech y a… Steven.

 La señorita Stray la acompañara señorita Blend. Cuídese por favor y avíseme cuando se sienta mejor.

-Gracias – fue lo único que pude articular de lo pasmada que estaba, ya que el profesor no estaba enterado de las noticias, Nat y yo ya no éramos amigas. Al menos no tan cercanas.

Caminamos en silencio por el último pasillo de la escuela. La escuela era larga y ahora más que nunca se me hacía infinita, por un momento imagine estar en mi sueño, un largo pasillo oscuro solo, y lejano al mundo real. Tenía un torbellino de pensamientos que se arrojaban a mí como balas que no se pueden detener.

Mi padre. Meech. Steven. Nat.

Mucha gente que me confundía y me ponían triste.

Al llegar a la puerta principal, que es demasiado grande a mi parecer, unos grandes pilares blancos y un arco donde tenía escrito el nombre de la escuela y una reja bastante exagerada. Casi como una cárcel.

Nat interrumpió mis pensamientos y empezó a hablar, algo miedosa de que yo pudiera responder muy enojada o agresiva. Pero en ese momento esos no eran los sentimientos correctos para describir lo que sentía.

-Min… no sé cómo empezar… deseo que no estés demasiado enfadada por lo de hoy…

- ¿Hoy? ¿Qué ocurrió? – dije casi desinteresada.

-Tu sabes Steven…- no la deje terminar.

-Puedes empezar disculpándote…- dije casi sin pensar. Como si mi lengua se hubiera soltado sola. No quería decir eso.

-Lo… lo siento Min. – Y desde que empezó no paro. - Min yo lo siento desde el día en que me encontraste en su casa. Y juro que no hicimos nada, no era mi intención terminar ahí, yo sé que lo querías demasiado- la interrumpí y le lancé una mirada fría.

-No te interesa si lo quería o no, y si no hiciste nada… ¿Qué paso eh? - dije en tono burlón. Hizo cara de parecer ofendida pero no me importo y no me disculpe como normalmente hubiera hecho.

Después se puso roja como tomate y se mordía la uña. Ella sabía que había pasado y no me quería decir. Se notaba que estaba avergonzada y por un momento dude.

-Dime Nat, ya paso.

-Me...- se negaba aun a compartirlo. Hizo una mueca y se volteo.

-Nat de verdad puedes confiar en mí, es imposible imaginarme algo peor a lo que ya imagino.

-Créeme es peor – dijo con un tono de severidad en su voz.

No tenía otra opción, si quería saber la verdad tenía que chantajearla.

-Natalia dímelo si quieres que volvamos a ser amigas, como antes. – dije seria.

Me miro muy confundida y soltó un lamento.

-Estaba borracha Min, no pienses mal de mí.

- ¡dilo YA!

- ¡Me bese con Melani!

Me quede estupefacta mirándola que hasta deje de respirar. Nat se había besado con Melani.

Y Melani... Estaba confundida.

-Ella me toco Min... me toco en partes en las que nunca me habían tocado... Min y esa no es la peor parte...

¿Podía haber más? Algo peor aún, que podría ser eso... Me quede callada esperando respuesta, me recuperaba de mi asombro y volvía a caminar y respirar.

-La peor parte Min es que... Me gustó. – me dijo mientras se mordía la uña y enrollaba su suéter con la otra mano.

No lo creía, de verdad me estaba diciendo que le había gustado que una mujer la tocara, que Melani la tocara. Estaba estupefacta, asombrada, nerviosa.

-Min... creo que me enamore de ella. De eso hablaba con Steven esta mañana... de Mel. –se sonrojo.

ELLA. MEL. ¿Mel?

No podía creerlo, aun no lo procesaba. ¿Mi amiga, mi mejor

amiga, es lesbiana?. Lesbiana. Esa palabra retumbaba en mi cabeza por todos lados. Quería correr, huir de ahí, gritarle que no sabía lo que hacía y lo único que logre fue decir sí con la cabeza.

-Dime algo Min. Siento que crees que soy una rara.

-Nat, es sorprendente. No puedo terminar de procesarlo. No lo imagine jamás–le dije la verdad.

-Yo sé que sí, pero no quiero que te asustes... -me dijo volteándome a ver.

-No lo estoy. –le dije aun en shock.

-Tengo que admitir que, en algún momento de nuestra amistad, sentí una extraña atracción hacia a ti. Pero pensé que era solo de amistad. Tal vez era algo más lejos de eso. –dijo lentamente, escogiendo correctamente las palabras.

Eso último me espanto más de lo que ya estaba. No quería ser grosera con Nat ella se había abierto conmigo después de tanto tiempo.

-Wow, Nat... no sé por qué jamás me lo dijiste... - me interrumpió.

-Pero ya nada de eso no te preocupes. La verdad... te cuento, es que hace una semana que vi a Mel y me agarro las... tu sabes. – respire cuando ella dijo que ese asunto había pasado, no podía imaginarme a mi rechazando a mi amiga.

- ¿Qué se supone que se? – dije alarmada.

Al parecer a ella le dio risa.

-No Min. Por dios no me refiero a que sepas. Bueno es que tú sabes me apretó mi trasero con su mano. Y yo la bese. –me dijo casi como susurrando. Note que de verdad esto le estaba afectando.

Pero estaba atónita. No solo fue esa vez, había estado saliendo con Melani o al menos viéndose. Y se tocaban y se besaban. Era mucha información para mi cerebro, estaba algo asqueada eh de admitirlo, pero por nuestra amistad... traté de parecer lo más normal y comprensiva que pude.

- ¿Ella no te dijo nada? –le dije algo distraída.

-Claro, claro que me dijo. Pero fue muy positivo lo que paso. La verdad es que después de besarla se me quedo mirando y pues como estábamos en el *shink* nadie nos vio raro, ella agarro mi nuca y me empujo contra la pared y me siguió besando y me toco los pechos. Yo… sabes que soy tímida Min. Pero ese día ya había tomado unas copas y le toque el trasero y al parecer a ella le gusto, después de eso me golpeo el trasero se separó de mí y se fue.

Hice una mueca algo desagradable cuando termino de contarme la historia. No era posible que a mi amiga que conocía de la primaria, ahora me saliera con que le gustaban las mujeres…no tenía nada en contra de eso solo que era un poco abrumador.

-Ah. - deje escapar descortés.

-No pensé que te desagradara tanto Min. –me dijo muy ofendida y parecía preocupada.

Por fin habíamos llegado al césped de mi casa cuando pronuncio la última frase. Ese era mi momento de escapar y poder procesar lo que había pasado.

-No, este, Nat tengo que meterme no me siento bien. –le dije algo apresurada.

-Adiós Minerva. –soltó un sollozo. Pero me agarro de la mano y me volteo hacia ella antes de que pudiera darme cuenta Natalia me besaba en los labios y me agarraba el trasero.

Me aleje de ella limpiándome la boca y acomodándome el pantalón que se me empezaba a caer.

-Natalia Stray. - dije muy seria y enojada. – Me confundes con ese tipo de chica. Pero te puedo asegurar que no quiero ser amiga de una lesbiana que cree que puede besar a cualquiera sin reprimendas. ¿Entiendes eso? –se lo dije tan enojada que ni lo pensé. Tal vez me había pasado. No me molestaba que fuera lesbiana, me molestaba que ellos… que se pasaran de la raya, conmigo, con mi cuerpo.

-Min… Minerva. Yo… yo no quería me deje llevar. Hueles muy bien. Y siempre me has atraído. Pero si comprendo que hice mal tú no eres así…creí que lo disfrutarías, lo siento.

-Creo que tú y Meech deberían de hablar acerca de cómo la gente disfruta. Como yo disfruto –dije sarcástica. Estaba enojada.

- ¿Meech? ¿Qué ha pasado? Min, entiendo que no entiendes mucho de estas cosas. Pero eres bonita… es obvio que a las personas les gustaras, les atraerás. Perdón, se que me he pasado…

-De verdad que tú y Meech pasan mucho tiempo juntos discutiendo de mi vida sexual. –le grite.

-Parece como si huyeras de algo… como si no entendieras… –me dijo como si le hablara a una niña de primaria y eso me ofendió aún más.

-Basta, no seas idiota, claro que sé que es el sexo, pero no deseo compartir esa conversación contigo. Es mi asunto. –le dije muy ofendida.

-Min… no quise decir… digo que desear tocar y estar con alguien no es algo malo… –me miro como si fuera experta en el tema. Pero me pareció algo muy desagradable.

-Deberías de aprender a cuando cerrar la boca. No tienes derecho a decirme que debo de hacer con mi vida íntima, y mas no tienen derecho a andar tocando y besando a la gente sin que se los pidan. –le dije para callarla.

Me volteé y cerré la puerta de mi casa.

No tenían derecho, no lo tenían. Siendo o no mis mejores amigos no tenían el derecho a cuestionar mi vida sexual. Si yo tenía sexo o no, era mi decisión no de ellos. No tenían derecho a tocarme… no tenía yo por que decir que si… No.

Fue un día muy ajetreado, Meech, Nat, trate de no ser tan grosera con ellos, trate de comprender, de complacerlos. De no sé qué estaba tratando. No lo sé.

Estaba muy confundida, enfadada, fui a la cocina, abrí el refrigerador, había mermelada, crema de cacahuate, huevos, leche, jamón, queso, algo muy parecido a una salsa.

Saque la mermelada y la crema de cacahuate. De la alacena pan tostado light, aunque no sé cómo un pan puede ser light, me prepare un sándwich rápido y salí de la casa, camine cerca del arroyo y lo seguí de cerca. Ya estaba lo bastante lejos de mi casa, me había metido en el bosque, donde el arroyo se convertía en rio y vi a una persona, exactamente un joven que se quitaba los pantalones. Cuando termino de quitárselos se echó a un pequeño pozo que se formaba por el rio. Me reí y decidí ir averiguar de quien se trataba.

Cuando llegué me escondí detrás de un árbol, tenía una espalda ancha y bien formada, pelo negro, manos largas, brazos fuertes. Cuando volteo, eche un pequeño grito.

Jess.

¿Qué hacia el aquí? De verdad que era guapo.

Creo que mi pequeño grito lo sobresalto ya que volteo y seguía buscando por todos lados.

-Sal ya de ahí. Me has agarrado. –dijo al aire con las manos en alto. –Sal. Me parece que ya eh visto esa maraña de pelo negra. –dijo encantador como solo él sabía hacerlo.

Me asome y me estaba viendo.

- ¡Ja! Minerva Blend. No te acusaban de fisgona. –dijo aventando algo de agua.

-Amm, lo siento. –Salí de mi pequeño escondite y el seguía en el agua, más sexy de lo que recordaba.

-Minerva ¿Qué hacías? –enarco su ceja.

-lo siento. Amm te vi desde lejos y… -no sabía ni que decirle.

Me vio con esa mirada tan suya.

-No pudiste resistir y viniste a ver quién era. ¿Querida Minerva no te han dicho que la curiosidad mato al gato? –me dijo mostrándome su perfecta dentadura.

Me recorrió de pies a cabeza y suspiro.

-Y que gato… pero vamos Minerva no te sonrojes. –y me señalo el pozo.

No había notado que mis mejillas se habían puesto coloradas.

-Ah… no perdón. –le dije sin pensar.

-Te disculpas Min. ¿Por qué te disculpas? –me había atrapado.

-Yo… no…

-Minerva, te ves algo acalorada. Porque no entras, el agua está muy fresca. –yo solo podía ver su cabello mojado y las gotas que se escurrían hacia sus ojos.

Su forma de hablar tan fácil, tan tranquila, tan confiada, tan ligera. Me hipnotizaba.

- ¿Minerva?

Salí de mi estupor y me sorprendí.

- ¿em?...

- ¿Quieres entrar al agua por favor? Hay que nadar un poco, después podremos hablar. –me dijo

- ¿Nadar? –le pregunte algo dudosa.

-Si nadar, no creas que todo conmigo son drogas y sexo nada más. –me vio algo molesto

-Vaya. No lo hubiera creído de ti. –pero mi incomodidad no era eso, la verdad es que no quería quitarme la ropa.

-Lo note en tu mirada Min. Ven mi única intención es que nademos. Lo juro. –me dijo convencido.

Alzo las manos en seña de paz. Era tan sensual.

Me sonrojé y después me avergoncé.

- ¿Qué ocurre Min

? –me pregunto desinteresado y moviendo los brazos, sacudiéndose el agua que tenía en ellos; salpicándome a la vez.

-Yo... no traigo traje de baño. –dije y me agarré el cabello.

- ¿traje de baño? Minerva por dios a mi ¿me ves con uno? –dijo, parecía que se burlaba de mí.

-Amm... este... -Se levantó y salió del pequeño pozo en el que se hallaba, su cara era rígida en todas las formas, pero a la vez su mandíbula relajaba su cara en una enorme sonrisa, sus brazos eran largos y lucían fuertes, tenía un abdomen perfecto, bien ejercitado. Y solo traía sus boxers.

Me cubrí los ojos y me eché a reír.

- ¿Te doy risa Minerva? –me dijo viéndome a los ojos y sonriendo.

Tenía una sonrisa hermosa y unos ojos color azul-verdoso que me enloquecían mirándome de arriba abajo.

Se acercó a mí y yo me quede estupefacta, por un momento creí que me besaría, o me...tocaría, así como Meech lo había hecho.

Pero no, solo se acercó a mí lo más cerca que pudo y se quedó ahí respirando frente a mi nariz, su respiración agitada me distraía.

Movió lentamente sus manos hacia mi cadera. Yo no dejaba de mirarlo a los ojos.

Agarro mi camiseta y la deslizo hacia arriba. Después siguió con los pantalones. No sabía porque, pero me sentía muy bien con él a mi lado, me sentía algo así como segura. Los deslizo hacia abajo, subió hacia mí y su nariz rozo junto a mi ombligo y eso me prendió de verdad. Se acercó hacia mi cuello y aspiro hondo y después se alejó.

Me sentía algo rara, no sé de qué manera en mi entre pierna. Era diferente, ni siquiera me había tocado…

Me miro a los ojos y se alejó de mí unos metros.

-Si bueno yo tenía razón. –dijo triunfal.

Él estaba mojado de pies a cabeza y más sexy de lo que creía. Tomé valor y abrí la boca.

- ¿tenías razón? –dije casi sin aliento, como si me hubieran golpeado en el estómago.

-Que te ves muy bien en ropa interior. –me señalo de arriba abajo.

Me sonroje, cruce las piernas y mis brazos los puse en mi pecho y le regale una sonrisa.

-Así es como deberías estar siempre, no llorando por gente estúpida. –me dijo con un tono despectivo.

- ¿Qué? –no tenía idea de porque había dicho tal cosa.

- ¿Que no lo recuerdas minerva? La primera vez que hablamos llorabas como una loca, en una banca del parque. –alzo los hombros y miro hacia abajo, era increíble que aquel chico estuviera… casi coqueteando conmigo; tal vez era mi imaginación la que me hacía creer eso.

- ¿Aun recuerdas eso? –me sorprendió bastante que aún se acordara de la primera vez que hablamos.

-Claro. Antes no lograba sacarte de mi mente, sentada en ese banco llorando. –ese comentario lo dijo en voz tan baja que parecía como si no quisiera haberlo comentado.

-De verdad… -me quede asombrada.

- ¿Ya podemos nadar Mine-Min? - se acercó a mí y tomo de mi cadera.

-Cla…Claro. –se cortó mi respiración cuando el poso sus manos en mi cuerpo.

-Pues vamos. –Me agarro de la cadera y me subió a sus hombros como un costal. Me sentía completamente insegura sin mi ropa y lo único que pude hacer fue echarme a reír.

- ¡Pero por dios Jess que estás haciendo! ¡BAJAME! –le suplique avergonzada.

-Te divertirás Min, vas a ver que fría está el agua- dijo riendo.

-No Jess ¡No! –me sentía tan fea junto a él. Y era la verdad, Jess era un chico perfecto, casi un adonis, todos los chicos deseaban ser él y todas las chicas deseaban estar con él. Y yo... bueno era yo. No me considero horrible, pero no hermosa.

-Ya casi llegamos Minerva, te encantara. –seguía riendo mientras me llevaba.

Se reía y sonreía o al menos eso creía yo. De un momento a otro lo empecé a disfrutar, disfrute estar en sus hombros cálidos y fuertes.

Y después solo me congele. Estaba en el agua fría, sola. Y él riéndose enfrente de mí.

-¡¡¡Que te ocurre!!!- se aventó de un chapuzón y cayo junto a mí.

- ¿Solo vamos a nadar no es verdad? ¿Qué esperabas Minerva un dulce beso? –me dijo con tono de patán.

-No, pero tampoco el agua fría. - se acercó a mí y me susurro al oído

- ¿A no?, por cierto, me gustas más mojada Mine-Min.

-Yo esperaba, algo... algo... menos frio. Yo... yo... Gracias. – me ponía nerviosa hablar con él. El pequeño estanque en el que nos encontrábamos estaba bastante metido en la maleza del bosque, el sol brillaba en el reflejo del agua, y una que otra libélula pasaba por ahí, no sabía cómo Jess había encontrado semejante paraíso.

-No hay de qué. –dijo casi ignorándome. –Nademos. –comenzó a nadar.

-Nademos. –dije mientras lo veía hacer un estilo crol increíble.

Nadamos hasta la otra orilla del pozo y me dijo que lo siguiera. Se hundió y desapareció. Yo me hundí y vi una pequeña brecha por la que él se metía. Salí de nuevo tomé aire, me hundí y lo seguí.

El agujero salía a un "cenote" bastante grande. En el techo había estalactitas y brillaba como si fuera el cielo nocturno. Era maravilloso. Escondido. Mágico.

Cuando llegue me quedaba poco aire el me agarro por el brazo y me abrazo.

-Creo que te falta el aire. –pero cuando él me abrazo y me rodeo fue cuando más me falto el aire.

Me tomo del cuello y acerque mi boca a la suya. Me beso como nadie me había besado, de una forma sin morbo que me emocionó. Me gusto y continúe. Fue un beso dulce y largo en el agua fría del cenote que apenas tenía luz. Después de eso fuimos a una orilla elevada y nos sentamos.

-Eso fue… inesperado. –le dije escurriendo mi cabello.

-Sí que lo fue. –dijo algo airado.

- ¿Por qué… lo hiciste? –le dije algo avergonzada. Quería saber en realidad que teníamos entre nosotros. Eso era como un sueño hecho realidad. Pero siempre tenía que abrir mi boca.

- ¿Es broma?, es obvio, ¿no crees Min?. – volteo a mí y me sonrió.

-No, al parecer para mí no lo es. – aunque estuviera muriendo de frio, trate de ser coqueta. El me gustaba. En definitiva, esa combinación de chico malo, dulce y sensual era irresistible. Me derretía por dentro.

-Pues me gustas Minerva. – deje de respirar y voltee hacia el cenote, esas aguas tan tranquilas quietas, nada las perturbaba.

-Yo… -me quede muda, quería decirle que él me encantaba, que moría por que estuviera conmigo, que…

-No digas Nada Minerva, no tienes que. Sé que tú y yo no haríamos buena pareja. No… somos iguales. Así que evita esto y no me digas nada. –dijo desilusionado.

-Pero yo... - quería decirle, aventarme a sus brazos y besarlo como él me había besado. Decirle que él, él era el chico.

-Vete Minerva. –cuando volteo a verme creí que bromeaba. Pero sus ojos no mostraban ninguna duda.

Jess quería que me fuera.

Como pasamos de los besos, abrazos y diversiones a que me corriera de su escondite secreto.

No podía creerlo me quede con la boca abierta y temblando.

- ¿lo dices de verdad? –le dije muy herida.

-Eso creo. –me dijo más tranquilo.

Sonaba sereno, o talvez angustiado.

-No quiero irme. –dije obstinada, ahora iba a luchar por lo que quería.

-Te lo estoy pidiendo Min. – me llene de valor y lo voltee a ver.

-No deseo irme. Quiero estar aquí. Contigo. –pero tal vez fue demasiado tarde.

-Pero yo no.

Me miro, se levantó y se echó al agua. Cuando se fue me salpico y yo me quede confundida y mojada. Nunca lograría entender a Jess de verdad, aunque eso quería. Pero conmigo siempre tenía cambios bruscos en su estado de ánimo y reaccionaba impulsivamente, como dejándome en aquel cenote, a solas.

Tal vez él tenía razón no seriamos buena pareja. Si sus relaciones anteriores eran ¨novias¨, yo no era la indicada, eso era seguro.

Salí de mi trance y me avente al agua. Salí de la brecha casi sin aire de nuevo. Y ya era de noche. ¿Cuánto tiempo habría pasado? ¿De verdad tanto para que anocheciera? No lo podía creer.

Mamá.

Me iba a matar eso era seguro. Me mataría llegando a casa.

Salí del agua a toda prisa. Cuando levante mi pantalón para ponérmelo. Vi algo que caía de mi bolsillo parecía un papel.

Mientras me ponía la playera lo levante.

Era una nota de Jess.

Lo abrí. Y lo único que decía era...

Café Olé del Tío Sam

11:00 pm

Acaso Jess, ¿me había invitado a salir? No fue una manera muy sutil. Levante mi reloj y eran nueve con treinta, aún tenía tiempo. Tendría que ir a casa disculparme por no haber hecho los quehaceres, bañarme, y salir corriendo.

No era tan complicado. Ojalá no lo fuera.

Camine, hasta encontrar el arroyo, pensando solo en el frio que aun sentía en los dedos de los pies y como la ropa se pegaba a mi piel y... en el beso que me había dado con Jess.

¿Para qué me citara a esa hora y si tiene algo que decir, porque huyo así del cenote? Muchas cosas daban vuelta en mi mente, pero no las podía contestar. Todo era como una bruma enorme que me cubría la vista y los pensamientos.

Casi llegando a casa, vi a mi madre en la puerta y frente a ella se encontraba Jess.

¿Jess? ¿Qué hacía en mi casa? ¿De qué hablaban?

Grite el nombre de Jess muchas veces, pero aún seguía algo lejos. Así que decidí correr.

Corrí lo más rápido que pude, pero cuando estaba a punto de llegar Jess se despedía de mi madre y se iba caminando por la avenida principal y al parecer llevaba prisa.

Cuando llegue solo pensé en la nota. Vi mi reloj y eran las diez en punto, aún tenía tiempo. Tenía que apurarme. ¿Pero porque se había ido si yo ya venía para acá?

-Ese chico sí que te trae loca. Estas muy mojada, entra. –me dijo con una sonrisa en la cara.

- ¿Qué? ¿Qué quería? –vi como mi madre disfrutaba con toda esta situación.

-Vino a disculparse. –dijo poniendo su mano en mi mejilla.

- ¿A disculparse? –le dije confundida y retirando su mano de mi cara.

-Por ti. - ¿Qué? Que era lo que pasaba con Jess.

- ¿por mí? vamos madre habla claro. –me empezaba a desesperar necesitaba respuestas.

-Por tu retardo, ya me explico todo. –dijo cerrando los ojos y asintiendo.

-Te… él… ¿te explico? ¿Qué? –ahora estaba avergonzada.

-Vienes muy agitada, cariño. Deberías entrar, te va a dar un resfriado. –se volteo y entro en la casa. Mi madre era tan misteriosa como él. ¿Por qué me harían algo así?

-Madre voy a salir a las…- me interrumpió y volteo a verme.

-Nada de sexo con ese chico, que no te lleve por mal camino Minerva. –ahora hablaba con seriedad. Tal vez por mi madre yo era así. Aprensiva. –Hija me dirías, si ya no fueras virgen ¿no es cierto? –mis mejillas se pusieron coloradas, y estaba a punto de encenderme de la rabia. Pero no lo hice, ella sonaba muy preocupada.

-Claro que lo haría madre. ¿Qué te dijo? ¿Por qué te angustias? –le dije conteniendo mi rabia.

-Es un buen chico Min, yo lo juzgaba mal. –me dijo haciendo un gesto reprobatorio.

- ¿A que vino madre? –pregunte de nuevo.

-Me vino a pedir permiso, de que fueras al café del pueblo. A las once en punto ya lo sé, hija. –dijo poniendo su dedo en alto.

-Estoy confundida. –mi madre soltó una pequeña risita y me miro a los ojos.

-Yo estaba igual hija. Es un buen muchacho, ve con él. –se sentó en el pequeño sofá.

-Él es muy extraño. –dije fingiendo como si no me agradara.

-Así actúan los hombres. El de pequeño siempre te miraba cuando íbamos al supermercado.

- ¿Qué? Él no vivía aquí de pequeño, madre.

-Ah no… tienes razón hija, la edad me confunde la memoria.

-Madre estas muy misteriosa el día de hoy. Dime.

Yo no entendía. A veces se le escapaban cosas así, alguna vez menciono una ciudad y a mi padre… y al final siempre decía que era la edad, el cansancio o la memoria. Papá.¿Papa?, mi padre, ¿Quién es mi padre?, sabía que tenía uno. Pero ¿Quién era?... era confuso.

Salí de mi trance y volteé a ver el reloj diez con treinta minutos. No podía ser posible, se me iba a hacer tarde.

Subí corriendo las escaleras y abrí la regadera, deje que el vapor se acumulara en el baño, cuando por fin me quite la ropa, recordé la cercanía que había tenido con Jess hace unas horas. Me deje llevar por el recuerdo y desee que él estuviera ahí.

Salí de bañarme y escogí mi ropa.

Playera, sudadera, gorro, jeans, botas.

Casi siempre me ponía algo parecido para salir, con amigos o con mama. Con el pelo mojado salí de mi casa y me despedí de mi madre. Eran ya las once con cinco. Ya era tarde.

Cuando llegue al Café, Jess estaba –*guapísimo como siempre*– sentado en la última banca, con una chamarra de cuero negro, una playera, jeans y botas. Que sorpresa, casi nos vestimos igual. Él tenía el pelo casi tan mojado como yo. Cuando por fin entre él se volteo y me vio. Me hizo una seña para que me acercara, me senté y lo único que él hacía era observarme, no sabía que pasaba por su mente, solo me observo, casi impaciente. Hasta que por fin dijo esas palabras que yo no esperaba.

-No quiero verte más Min. - ahora ya no me miraba.

- ¿Qué? ¿Hice algo malo? –dije muy preocupada.

-No. –no me miraba, me evadía. ¿Qué había cambiado?

-Entonces ¿Por qué? –le dije muy desilusionada.

-No soy bueno para nadie Minerva. Aun menos para alguien como… tú. –me dijo, casi como un susurro, su voz se escuchaba cada vez más distante.

- ¿Cómo yo? –le dije frunciendo el ceño.

-Eres algo que yo no busco. No es mi estilo de vida. Yo no soy tu estilo de vida Minerva. No insistas que ha sido muy duro para mí… - ¿muy duro para él? A qué se refería yo no lo sabía. Parecía como si yo hubiera sido solo su distracción.

- ¿Tu estilo de vida Jess? –le dije ofendida.

-Aja. –dijo ya casi sin interés.

No sabía que decir. Me dejo sin palabras. Me sentía dolida, engañada, me sentía como Melani. Y encontré las palabras perfectas.

-Si no me querías ver. Si no soy tu estilo de vida, si creías que soy inocente y estúpida nunca me hubieras besado, nunca me hubieras llevado a tu escondite, nunca me hubieras llamado al pozo, nunca me hubieras hablado en esa banca. Nunca me hubieras dejado interesarme por ti. Nunca me hubieras visto como me viste ese primer día. Si en verdad no quieres verme más solo no lo hagas. –las lágrimas brotaron de mis ojos.

Se quedó estupefacto mirándome. Me di cuenta en su mirada que le dolió solo por un instante mis palabras, pero después ese sentimiento se transformó en despreocupación.

-Así será Minerva.

Yo seguía llorando. Él se levantó le dejo unos billetes al chico de la barra y se fue. Al salir lo vi patear un bote de basura con un odio que no podía entender. Se subió a su motocicleta y se fue.

CAPITULO III

Nos divertiremos Min.

Ya había pasado más de dos semanas y yo seguía sin ver a Jess ni en la escuela, ni cerca de su casa. Hasta le pregunte a mi madre que si sabía algo. Pero seguía sin darme respuestas. Nadie me daba nada.

Jess llego a desordenar mi vida. No sabía cómo sacarlo de mi cabeza. Por tan pequeño que haya sido el lapso en el que estuve con él me dejo plasmada su energía. Era sorprendente.

Desde lo que paso con Natalia, no tenía con quien hablar . Tenía que alejarme de todos por un tiempo.

Un día después de clases pasaba por el *shink,* había una gran fiesta. Chicos besándose con chicas, chicas con chicas, chicos con chicos. Alcohol. Sexo. Música a todo volumen.

Traté de pasar lo más rápido que pude. Tenía que ir a la biblioteca, a recoger unos libros. Cuando trataba de pasar desapercibida alguien grito mi apellido.

- ¡Blend! –una voz chillona.

Voltee enseguida. Era Melani vestida vulgarmente. Camisa apretada y con un escote pronunciado. Sin brassier y con liguero. Atrás de ella se encontraba alguien que venía tambaleándose con todo el pelo en la cara. Botas largas negras, short, brassier. Para mi sorpresa cuando Melani la abrazo y le levanto la cara me quede helada. Era Natalia.

-Dile hola a la puritana de tu amiga, cielo.

-Min... Hola. - casi ni podía hablar, estaba drogada o borracha , era obvio.

-Hey Blend, escuche que te acostaste con Jess, da rico ¿no crees? –me dijo acariciándose la boca con la lengua. A esa chica no le agradaba nada y no sabía ni si quiera por qué.

- ¿Qué? ¿Quién dice eso? –le dije algo enojada y avergonzada.

-Yo lo di... digo zorra de mierda. - era obvio que las dos habían estado bebiendo. –no te hagas la santa Blend te vi cerca de donde el nada. Te vi que ibas hacia allá. ¿Por fin ya te quito lo santa? Dile Nat que Jess no es un caballero. Que no es como en sus estúpidos libros así no es la vida real estupidita. –me dijo despidiendo un olor a alcohol increíble.

-Min...- se le caía la cabeza y no podía mantenerse en pie. Yo traté de ignorar a Melani lo más que pude, vi que tocaba a Nat por todos lados. Era asqueroso.

-Nat, mira en lo que te has convertido. Mira que te has hecho. – le dije a Natalia algo decepcionada y tratando que recobrara el sentido.

-No digas estupideces, querida. –Dijo Melani con un tono de burla. –me pregunto que se esconderá debajo de ese vestido que llevas.

Acerco su mano a mi pecho y yo retrocedí.

- ¿Ah... con qué crees que no tiras para ese lado? Todos lo hacemos. Un cincuenta por ciento de las veces.

-Min... – dijo Nat que me miraba con una sonrisa de estúpida.

-No gracias. –le dije sonriendo hipócritamente.

Alguien interrumpió nuestra conversación.

-Minerva Blend. No creí encontrarte por aquí. –dijo muy pícaro.

Cuando voltee Meech estaba atrás de mí.

-Tengo que irme. –dije girando los pies.

-Nos divertiremos Min. – me sonrió y me tendió su mano.

-No. –lo vi de reojo.

-Vamos al menos déjame disculparme Minerva. No voy a hacer nada que no quieras. –ya se me había olvidado lo que había pasado con Meech en aquel salón.

-No pasa nada Meech. –le dije siendo sincera.

-Vamos pues a bailar. Olvida tus penas por unas horas.

Lo pensé un momento, era verdad, me había estado pudriendo en tristeza desde que Jess me había mandado por un tubo. Era hora de divertirme. Era hora de atender mis alegrías y ahí se me presentaba la oportunidad. Le sonreí y le di mi mano.

-Bailemos. –le dije algo emocionada.

-Bien. –me sonrió y me apretó la mano.

Me llevo al centro de lo que llamaban el *shink* estábamos casi nariz con nariz, ya que era mucha gente. Me agarro de las caderas y las empezó a mover, paso por mi cintura mis hombros y de regreso, bailamos al ritmo de la música. Después de un rato de bailar estaba sedienta y tenía ganas de sentarme. Le dije a Meech y fuimos a una barra improvisada en una camioneta. Lo único que había para beber era, ron, whisky y tequila.

Meech le grito al hombre detrás de la camioneta algo que no alcance a escuchar. Nos trajeron dos caballitos bien servidos.

-Tequila. –me grito al oído. –para limpiar las penas de amor.

-Excelente. –le dije.

Lo mire y lo tome de un trago. El alcohol me escurrió por la garganta lentamente, más lento de lo que creí. Se sentía como una fogata en mi garganta. Me despertó enseguida.

Vi a Meech morir de risa a mi lado. Lo mire con cara de ¿de qué te ríes?

-No se toma tan rápido Min. Al menos que tengas práctica. Quedaras borracha con dos más que te tomes así. –la verdad no escuche bien a Meech estaba envuelta en como el alcohol y la música me envolvían al unísono.

- ¡trae dos más! - grite con todas mis fuerzas al hombre y asintió.

Cuando por fin los trajo, ya me sentía adormecida. Pero aun así me tomé los dos de un trago y sentí como recorrían mi garganta. Era como un elixir para las malas vivencias.

Meech solo me vio tomármelas y cuando acabe. Me tomo de la mano, dejo unos billetes encima de la camioneta y nos dirigimos hacia la pista.

-Vamos a bailar un poco más. –me dijo con una voz algo más grave, más lenta. Nunca había tomado ni una gota de alcohol en mi vida.

- ¡Claro! – me sentía bien, con energía. En éxtasis. Sin dolor.

En el camino alguien me jalo del brazo, era Jess, parecía bastante enojado. Meech reaccionó enseguida y lo aparto de mí, ya estaba algo mareada así que me tambalee en el sitio.

-Déjala Meech, ya está borracha. No quieras aprovecharte de eso –le escuche decir.

-No lo estoy, no te metas. –le dije algo enojada.

-Ya oíste Klein, no te metas, ni con ella, ni conmigo. –cuando ya nos íbamos, sentí como Jess jalo a Meech y le dio un fuerte golpe en la cara.

-Ella no sabe con qué clase de chico se mete Meech. No te atrevas a tocarla. –le dijo Jess muy serio. Meech a eso solo se rio.

- ¿tú me lo vas a impedir? ¿Acaso es tuya? –le dijo burlándose.

-Min. –me dijo Jess con ojos de furia.

Me quede algo asombrada, pero me dio algo de risa, Meech nunca podría igualar a Jess en ningún sentido. Me sentía algo rara respecto a Jess, pero recordé que era el típico patán, recordé como me había hecho sentir humillada. Estaba enfadada y por causa del alcohol no pude parar el vómito verbal que estaba a punto de decir, y que seguro me arrepentiría después. Jale a Jess de su chamarra de cuero y le grite.

- ¿Qué te pasa? – me vio estupefacto. –no soy nada tuyo, ¿recuerdas? Me botaste aquel día en el café, en el que me hiciste correr a casa mojada y sola. ¿Recuerdas? No estaré nunca contigo Jess. –le dije enojada y algo embobada por el alcohol.

- ¿Es cierto? –me dijo bastante herido.

-Estoy con Meech ahora, nos iremos a bailar. –le dije y jalé a Meech mientras Jess se quedaba ahí parado cerrando los puños.

Cuando llegamos a nuestro lugar en vez de agarrarme de las caderas Meech me agarro del trasero y bajo sus manos hasta mis piernas. Nadie nos veía. Excepto creo por Jess, Meech metió su mano a mi trasero por debajo del vestido que llevaba. Di un grito. Pero de tan adormilada que estaba deje que continuara. Bajo mis bragas y deje que las sacara. Se levantó y las acerco a su nariz oliéndolas, se las guardo en el bolsillo trasero. Me agarro de la cintura y me acerco a él. Me beso el cuello y en los labios. Yo le devolví el gesto.

Me agarro de la mano y me beso. Voltee a ver por última vez a Jess que se giraba en el asiento de la barra con la cabeza baja. Meech me jalo fuera del círculo de baile. Me llevo a un lugar más lejano del *shink* me apretó contra una pared y metió su mano debajo del vestido. Lo alzo hasta mis pechos, me miro y le sonreí. Estaba excitada y estupidizada, sentia como un fuego en mi interior recorría mi cuerpo. El bajo su mirada y me quito el brassier cuando lo logro sacar, lo dejo caer al suelo y me miro los pechos descubiertos un rato y los chupo uno por uno. Eso me hacia estremecer en el estomago. Estaba desnuda ante él.

-Así quédate Minerva. –me pido suplicante.

-Lo hare. –no sabía si en realidad me gustaba Meech pero sabía que había algo.

No estaba consiente de lo que hacía. Era el alcohol, ese efecto jamás lo había sentido.

Me bajo el vestido y me cargo como a un bebe salimos del *shink* yo no sabía a dónde íbamos. Pero lo supe cuando me bajo y abrió la puerta de su coche. Me alzo de nuevo y me dejo en el asiento trasero estúpida, excitada.

Me miro unos instantes.

-Eres hermosa Minerva. –dijo

- ¿Si Meech? – dije pausadamente.

-Tal vez puedas estar mejor... -dijo con un tono perverso.

Mi cabeza daba vueltas. Pero todo pasaba muy vívidamente. Meech me quito el vestido y se quitó el pantalón y la camisa. Mientras me miraba se masturbo. Me tomo una foto y sonrió. Era como una película de terror y no podía despertar de la Minerva estúpida que se hallaba en la vida real.

-Si así está mejor perra.

- ¿qué? - estaba confundida. Ahora no lo veía. Solo sentía el frio de estar desnuda en el asiento trasero de su camioneta sin poder moverme.

-La verdad Min. No has sido a la única que le eh dado de ese tequila y cae muerta. Al menos tu estas algo consiente no lo esperaba la verdad. También otras perras se han creido que pueden con esto...Melani, Natalia, la "tetas grandes", pero para mí el gran premio eras tú... -dijo deseoso y algo avergonzado.

-Meech, no tienes que hacer esto. – me costó trabajo recuperar ala Min responsable solo por un minuto.

-No Min. Ahora ya no parare. Te voy a poner una venda en la boca y otra en las manos ¿sí? - ¿Qué? ¿Que estaba pasando? Queria huir de ahí, pero estaba como pegada al asiento de aquella camioneta.

-No… Meech. - sentía la lengua adormecida. Los parpados pesados. Y un terror inmenso. Solo veía como Meech se acercaba a mis pezones y los besaba, no quería esto, no sabía ni por que había aceptado estar con Meech en el *shink* y no había nadie quien me escuchara o me ayudara. Me sentía estúpida por haber tomado.

Me amarro las manos y después puso la venda en mi boca.

-Lo vas a disfrutar más de lo que crees Minerva. –dijo bastante emocionado.

-Meech… -no podía moverme, esta sensación jamás la había sentido era bastante frustrante.

-Te amo Minerva, eres la indicada. - al tiempo que decía esas últimas palabras su pene entraba en mí y lo hacía lentamente. Se desataron muchas sensaciones en mi interior y traté de gritar, pero no pude por la venda en mi boca, era tan apretada que me dolia la mandibula.

Me retorcí y traté de hacer lo que pude por sacarlo de mí. Sentía como un liquido corría por mis piernas.

-. Eres mía. Tanto tiempo esperando… -me dijo al oído. - ¡ERES MIA! –grito.

Y después solo vino oscuridad. Oscuridad. Mucha de ella. Me abrumaba. Me sentía perdida.

CAPITULO IV

Torbellinos.

Torbellinos.

De sentimientos, de ideas, de pensamientos, de acciones.

Torbellinos.

Me rodeaban, me persiguen, me matan.

Desperté, estaba obscuro. No veía bien. Me estaba moviendo, pero no caminaba, estoy acostada, confundida. En un sofá, quizá. Pero los sofás no se mueven solos. En donde me encontraba acostada, se sentia terso. Talvez un poco rasposo, de un color desagradable a la vista. Hacía calor…

Logre voltearme, se veía un rayo de luz. No era muy grande, pero era algo, el ¨sofá¨ era duro. Casi como si fuera el suelo. De repente hubo un sobresalto y choque contra el techo.

Iba en un coche.

¿Pero a donde nos dirigíamos?, ¿En qué parte del coche me encontraba? Me dolía la cabeza, estaba desorientada.

Logre distinguir el olor a neumáticos, aceite, algún aroma a pino. Cuando por fin salí de mi estupor entendí que me hallaba en una cajuela.

Atada.

Manos y boca, con una venda.

¿Meech? ¿Meech me haría esto?

¿A dónde iríamos? Estaba confundida, mareada, con calor y muy adolorida.

Por la pequeña abertura entraba muy poco aire. Me sentia sofocada.

Nos seguíamos moviendo. Alcance a ver verde por la pequeña abertura. Un tope y continuamos.

En Moncheeart no había topes. ¿A dónde me llevaba?

El pánico empezó a apoderarse de mí. Empecé a gritar con todas mis fuerzas, talvez algún coche que pasara podría oírme. Estaba muy asustada, el panico se apodero de mi, no podia respirar, me comence a retorcer, tratando de aflojar las vendas.

De repente Meech estaciono el coche. Me había oído gritar. Si deseaba alguna oportunidad de salir de allí, era cuando abriera la cajuela.

Lo pensé y después me decidí.

Me acomode con las piernas hacia la salida. Listas para golpearlo y poder salir corriendo, al fin lo único que tenía atado eran las manos y la boca.

Oí pasos, era el momento. Me preparé y reuní todas mis fuerzas. Cuando abrió la cajuela, me quede estupefacta, era Natalia. Me le quede viendo y ella a mi.

Recupere la cordura y la golpee con todas mis fuerzas en su vientre. Salió disparada hacia atrás en lo que yo lograba salir de la cajuela, ella respiraba con trabajo. Y oí más pasos y gritos. Yo seguía algo mareada y confundida. Pero reuní las fuerzas necesarias para salir corriendo, cuando pase junto a Natalia el coraje se apodero de mí y en vez de salir corriendo con todas mis fuerzas, decidí que perdería mi tiempo, si había más personas y tenían un coche, me alcanzarían. En vez de eso la golpee con mi pie en sus costillas. Después me arrodille y con mis manos atadas, la empecé a golpear y vi sangre, mucha sangre. Pero yo solo podia sentir miedo, desesperacion, odio. La sangre salia de su nariz y boca... y de mis manos. Me deje cegar por la rabia, por el enojo, por el engaño, por el abuso.

No escuchaba nada, todo estaba borroso.

Alguien me gritaba mientras me agarraba de la cintura y me apartaba.

No lo había notado, Natalia estaba inconsciente. Pero respiraba, estaba luchando por liberarme, por un momento me solto... y todo se puso oscuro.

❊ ❊ ❊

Olía a pasto, leña, fuego y algo parecido a un ungüento para los moretones.

Desperté de golpe y empecé a retorcerme, continuaba atada. Pero ahora estábamos en un tipo de cabaña. Lejos de Moncheeart.

No había nadie a mí alrededor, pero había voces, y a comparación de la vez anterior, escuche nítidamente quienes eran y que decían, me quede inmóvil escuchando.

-La dejo muy mal. Apenas si puede respirar. ¿Sigues creyendo que es buena idea? Ya no es virgen no creo que se ponga contento. Y todo por tu culpa, tenías que capturarla, no violarla.

-Cállate y continúa con lo tuyo.

-Trato, pero no sé si se cure. Con ella hizo el trato, no contigo, ni conmigo.

-Eso no tiene importancia, la tenemos y virgen o no, se la

daremos. - Meech parecia tener miedo.

-No se… estoy dudosa de todo esto. Pobre Natalia.

- ¿Sabes que pensaba?

- ¿Qué?

-Olvídalo, tal vez no sea buena idea.

Lo último que dijo fue casi apagado. Era Meech, Natalia era la golpeada. ¿Pero quién era ella? Tenía mucho que pensar. Estaba asustada. Pero decidida. Oí los pasos de la mujer bajar la escalera.

Me volteé y me hice la dormida. Pero estaba atenta a toda la conversación.

Ella se movía indecisa. Yo estaba debajo de una mesa que estaba pegada a la pared, solo tenia una ligera colchoneta abajo de mí, pero pude abrir algo los ojos.

Ella se estaba desvistiendo, solo le faltaba quitarse los jeans.

Trate de no mirar mucho, no se me hacía agradable. Pero cuando se sentó a quitarse la camisa. Lo supe, ese tatuaje en esas tetas enormes. Era la ¨tetas grandes¨, ¿en que se andarían metiendo? y peor, Natalia igual.

Él iba bajando y observe que venía hacia la mesa. Cerré los ojos rápidamente.

El me agarro de la atadura de mis manos. Y después me beso en la boca. Jalo más de mí y me saco por completo de la mesa, me quito los pantalones y me bajo las bragas, -el suelo estaba frio-, sentí como acerco su nariz a mi entrepierna, era repulsivo para mí, solo un pervertido. No iba disfrutar nunca más de su compañía. Sentía asco y odio por aquel que se había hecho llamar mi mejor amigo.

De un momento a otro metió su lengua ansiosa por mi vagina y la movió en circulos, él estaba babeando, me dieron muchas nauseas. Cuando de repente ¨tetas grandes¨ hablo. Yo me sentía disgustada, pero seguía en mi papel de desmayada. Como si él lo hubiera creído…

-Estoy lista. –hablo como si le hablara a su amo.

Meech, se separó de mí y no le importo dejarme desnuda en el suelo.

-Quiero que me hagas un oral primero.

- ¿Em?… –dijo ella algo confundida.

- ¿Problema? –dijo algo nervioso.

Entre en pánico, tenía ganas de llorar. Él no era mi amigo. Él no era Meech. No podía ser él. No sabía cómo mi vida se había convertido en un torbellino confuso, que me arrastraba, cada vez mas en la oscuridad. Lo odiaba, lo odiaba demasiado, no quería estar cerca de él.

Lo oí gritar. Lo estaba disfrutando de verdad. Me obligue a moverme lentamente para voltearme y no ver nada. Pero los sonidos eran perturbadores, estaba atrapada.

Estaba angustiada, aterrorizada.

-Eso es perra, sigue. ¡Sigue! –grito.

Empecé a llorar, demasiado. Pero escondía mi presencia lo más que podía. Estaba en el infierno y mis mejores amigos me habían arrastrado a él. Me sentía indefensa.

-Ahora ponte aquí. –dijo estando satisfecho.

-Está bien – dijo ella bastante emocionada.

De repente sin querer, solté un sollozo lo bastante alto para que él parara. Estaba temblando de miedo. Estaba sola en ese agujero obscuro.

-Me alegra que despiertes Blend.

Fue hacia a mí y me volteo. Yo estaba indefensa como un pequeño cachorro.

-Llorar no te servirá de nada. No te servirá para que me des lastima. –veía que le encantaba y le excitaba, estaba desnudo y con la erección a tope. Me puse firme y lo miré con todo el odio que le tenía.

-Eres un bastardo. – me oí escupir. Agarre fuerzas, las pocas que me quedaban, estrelle mis piernas y pies desnudos en su cuerpo y después mis manos atadas lo golpeaban sin parar en toda la cara. Él estaba recuperando el aire.

Pero logro detener uno de mis golpes y me puso contra el piso, vi como salia una ligera gota de sangre de su nariz. No consideraba mi propia fuerza, pero en ese momento estaba movida por la ira que sentía hacia ese maldito.

-Eres una perra, y aprenderás a comportarte como una. Y se te entrenara como una. Tendrás tu debido castigo Minerva. –dijo escupiendo y gritando.

Después de esas palabras, me escupió en la cara la sangre que le había entrado a la boca. Yo lo seguí mirando con el odio que le tenía. No le separaba la vista. Pero él había ganado ese asalto. Me agarro de las muñecas y me paro junto a la puerta, vi a Melanie mirarme con indiferencia mientras se acostaba desnuda en el sillon, cerraba los ojos y prendía un cigarro.

Me ato al picaporte de la puerta con fuerza y me inclino. Tomo un cinturón. Me agarro mi trasero y seguido de eso, metió su miembro dentro de mí. Yo me estremecí y él hizo un ademan de placer. Cuando salió de mí, se apartó y me miro.

-Ojalá no hubieras hecho eso Minerva. Pero así pagaras. Golpe por golpe. Y te hice un favor al pararte ahí. Debí dejar que siguieras. Quedaras muy roja, pero valdrá la pena.

Y así empezó mi lastimoso viaje por mí pequeño arrebato. Cuando termino yo estaba destrozada, apenas y podia sostenerme. Lloraba a mares y me lamentaba. Me dolía más de lo que imaginaba y para ser más cruel me desato y me abrazo. Me coloco en el regazo desnudo de Melanie y tuvo sexo con las dos.

Cuando por fin quedo satisfecho, se alejó de nosotras. Pero algo lo detuvo se dio la vuelta y me agarro de las muñecas aun atadas. Me levanto y me dio un golpe en la nariz que me hizo caer. Sentía como la sangre fluía hacia mi boca y me desmaye.

Fue la peor noche de mi vida. Y no quisiera recordarla de nuevo nunca más. La ira, la desdicha y el dolor se colaron muy dentro de mi corazón. Mi alma parecía haber sido arrastrada y aplastada por un camión. Era mi infierno personal. No sabía dónde estaba mi madre y donde estaba mi hermano. Si al menos me estaban buscando, no lo sabía. No sabía que pasaria despues, temia por mi vida. No sabía que cambiaría para siempre desde que asistí al *shink* aquel día.

❊ ❊ ❊

Cuando desperté, todo era como si hubiera una niebla entre mis ojos y el mundo que me rodeaba. Sentía tanto miedo. Olía a hierbas. Me dolía mucho la cabeza y el estomago. Alguien se hallaba viéndome desde el sofá, yo estaba en el suelo, no alcance a distinguir quien era, pero me miraba, lo sentí, era apacible, pero perdi la conciencia de inmediato.

❊ ❊ ❊

Recorrimos un largo tramo de carretera, aun eran los tres, Natalia ahora se encontraba consiente, lo sabía porque los escuchaba charlar en la parte delantera y que después de mis seguidos ataques a ellos, decidieron no volver a abrir la cajuela por ninguna razón a menos que todos estuvieran fuera del auto asegurándose de que no pudiera huir o herir a alguno de ellos. Era tedioso y aterrador. Había escuchado lo suficiente para sentirme muy espantada. Hablaban de entregarme a alguien... a un hombre, no oí su nombre, quería llorar, me dolía la parte derecha de la cara, estaba hinchada o eso parecía, me dolían las costillas, supongo que Meech después de aquel golpe en la nariz, continúo golpeándome hasta que quedo satisfecho. Creí que él tenía un afecto hacia mí de... cariño, amor incluso. Creo que me deje engañar. Fui estúpida al creer algo así. Nadie me quería de esa manera. Al menos no un hombre, yo solo esperaba que mi madre me buscara. Pero ¿por dónde empezaría? Espero que tratara de buscar a mis disque mejores amigos y ahí vería el problema. Los buscaría y con ellos a mí. Estaba cansada, obligada a respirar por un pequeño agujero, estaba a punto de hundirme en un desmayo a falta de agua y comida. Pero resistí, no me dejaría vencer tan fácil. No lo haría.

✻ ✻ ✻

Estaba lloviendo, sentía la lluvia en mi cara, en mis manos, la sentía, me relaje un momento y deje de esforzarme, estaba llevando mi cuerpo al límite de sus capacidades, estaba flotando en un mar inmenso, en un mar. Cuando traté de tocar el agua con mis manos solo sentí la rasposa alfombra de la cajuela, abrí bien los ojos y vi obscuridad, estaba soñando, soñando que era libre y estaba rodeada de agua, allí solo había calor y mi peor pesadilla. ¿Cuánto tiempo habría dormido? ¿Cuantos días habían pasado ya? ¿A dónde me llevaban? Con el pasar de los días creí que jamás me sacarían de allí. Mi mente divagaba en lo cierto y en lo incierto, mis alucinaciones se hacían más frecuentes, por la falta de agua y aire fresco.

Rogaba por una pequeña brisa. Una gota de agua.

A la mañana siguiente se abrió la cajuela.

Vi a Natalia, tenía un ojo morado, pero estaba bien. Me estaba poniendo algún tipo de ungüento en mi cara.

-Casi te mata. –dijo haciendo una negativa con la cabeza.

- ¿A sí? -respondí casi a la fuerza. - yo casi te mato a ti. Considerémonos afortunadas. –le dije esforzando mis capacidades al máximo, estaba demasiado agotada mentalmente para tener una discusión con ella.

-En cierta manera tienes razón. ¿Quieres un poco de agua? – se alejó unos segundos y se acercó a mí y me puso la boca de una botella en mis labios, sentí el contacto con el agua y me revivió.

Estaba agradecida. Pero solo la vi con recelo.

-Sé que estas confundida y muy enfadada. Pero es necesario.

- ¿Qué es necesario? ¿Qué me vendas a alguien como si fuera tu juguete y el de Meech? – estaba irritada, herida, traicionada.

-Min… estamos en peligro. Y estoy segura de que te tratara bien. –lo dijo sin convicción.

-Claro. Si el tipo es la mitad de buen actor y de amable que es Meech seguro me tratara bien. Eres un asco, me das asco. – me daba repugnancia

-No nos juzgues tan mal. – imploro.

- ¡El me violo maldita sea Natalia! – dije con desesperación. De tal esfuerzo que hice me dieron ganas de vomitar. Estaba al borde de las lágrimas. Necesitaba a mi madre, mi hermano… me sentía tan sola.

Se quedó helada. Me miro a los ojos y se veía que vivía el mismo infierno que yo. Sabía que Meech la había obligado. La había chantajeado. Eso quería yo, eso quería, que mi mejor amiga no fuera una persona tan mala y depravada como era Meech.

-Minerva. Era necesario, él tenía que hacerlo. –me miro más decidida.

Yo estaba equivocada.

Ella nunca fue mi amiga, ni Meech. Nunca lo fueron solo esperaron, fingiendo. Esperaron hasta que yo fuera un buen prospecto.

- ¿Necesario? – le escupí casi gritando.

-No entiendes. – me miro con suplica de que la entendiera. Pero yo no podía no podía creerle.

- ¿no entiendo? Eres una perra. – lo dije con odio cargado en mi voz.

Me miro sorprendida.

-Haz cambiado. ¿Qué te hizo cambiar? –me miro bastante confundida y después me miro como a un cachorro que necesitan rescatar.

-Te odio. – salió naturalmente de mí. Era la verdad yo la odiaba. Pero no quería responder a su pregunta.

Ese día fue cuando Jess me rompió el corazón y me hizo ser mucho más decidida y fuerte. En tan poco tiempo lo logro. Me hizo diferente.

-Lo sé. – Me miro de soslayo y se acercó a mi boca, yo me aparte - Ya te eh besado muchas veces. –dijo como si no importara.

-Me das asco. –en sus ojos vi la culpa, el miedo de algún modo. – no dudo que Meech se haya aprovechado de ti, aunque fueras lesbiana. Te odio, eres un asco y si por mí fuera no te volvería a ver nunca más. – lo dije con todo el odio que le tenía y al parecer le dolió. Solo por un instante.

Antes de que ella pudiera responder Meech entro, y por fin me di cuenta de mi entorno. Era un departamento, amplio paredes azules, un tipo de sillas modernas, yo me hallaba en una cama. Era suave. Y si no fuera de esperarlo, estaba atada.

Lo vi ver a Natalia, mientras ella me miraba, me miro de soslayo y se acercó a ella decidido. La alzo de un jalón y la acerco a él. La beso apasionadamente. Le toco el trasero y le bajaba el pantalón. Natalia no mostro resistencia alguna. Él quería probarme que todas estábamos a su merced y era mejor que todas cooperáramos. Natalia se volvió hacia mi incomoda mientras Meech le besaba el cuello y los senos después. Me daba asco. Se quitó los jeans y los dejo encima de mí. Se la llevo. Supongo a la habitación continua. Pero los sonidos siempre eran lo peor.

* * *

-Llego la hora.

No sabía ya si ese bulto parado en frente de mi era una de mis alucinaciones o era la realidad. Le sonreí. Por un momento pensé que era la muerte que se asomaba y venia por mí. Estaba lista para irme, lo estaba. Después de todo el dolor y los traumas quería irme. Alejarme de ese mundo decadente en el que me encontraba, agarré la mano que me tendía y me sumí en una bruma tan densa que los sucesos pasaban como en un cortometraje. Y por un instante volví a sentir, el océano rozando mis dedos acariciándolos, apaciguando mi dolor. Apaciguando mí pena. Era fresca, el agua cristalina, hundí mis dos manos y escurrió un pequeño color rojo en el agua, mis manos, tenían sangre. Pero yo sabía que no era mía. Lo sabía.

Niebla. Niebla densa y de color blanco frente a mis ojos. No sentía, no veía, estaba absorta en mi mundo gris y junto a un océano cristalino. El mar cambio de rumbo en una ola gigante, no luche, solo deje que la corriente me llevara lo más lejos posible, que me llevara lejos de mi infierno. Pero de repente solo se quedó quieto y reflejaba las nubes blancas y el cielo naranja, el sol rozaba mis mejillas y las ponía de un ligero color rosa, el viento hacia volar mi pelo. Me vi reflejada en el agua, mi pelo color castaño y mi ropa un vestido verde con flores, pero mi cara, mi cara no estaba. No se hallaba allí, estaba ausente como si mi propia esencia se hubiera perdido.

Una voz sonó detrás de mí, no era amable. Era impaciente.

Cuando decidí voltear, solo vi negro y recobré mi sentido del olfato olía a aceite y aroma a pino. Estaba en la cajuela. Con un horrible dolor de cabeza y en mis costillas, no sentía mi tobillo izquierdo. ¿Cuánto tiempo había pasado ya? ¿Cuánto había estado inconsciente? Después recobre mi sentido del oído y estaban golpeando la cajuela, fuerte, desesperadamente.

- ¡Minerva! – tres golpes más.

-Minerva, contesta si estas consciente.

La segunda voz no la conocía, era un hombre. Tenía la boca seca y estaba más delgada y sin fuerzas. Conteste con esfuerzo.

- ¿Quién eres? – dije.

Después empezó a hablarle a Meech.

- ¿No ha comido? ¿Agua?, sabes que no me sirven débiles. Esto es un proyecto serio *Rick*.

-Es una perra, te la traje como la traje porque sé que te gustan las perras. – Meech se lo dijo con mucho cuidado como si el tipo fuera su amo. Como la ¨tetas¨ se había dirigido a él.

-Eres un degenerado *Rick*, puedes seguir con tu teatrito de todas putas y mías. Pero a mí me traes buena "mercancía".

-Solo está algo deshidratada. Casi mata a *Sira* señor, a mí me golpeo. –dijo defendiéndose.

-No metas a Sira. Ella es una buena socia. Tú eres el idiota que me las viola y me las trae llenas de golpes. – seguido Meech choco con la cajuela de un golpe que le propino aquel tipo. Y después de un momento dijo.

-Sí, señor. Tiene razón toda la culpa es mía.

-Así me gusta. Ahora abre la cajuela, quiero verla. –dijo la voz extraña.

CAPITULO V

Sr. Blanco.

De repente ocurrió lo que pensé que jamás volvería a pasar. La cajuela se abrió y yo quede deslumbrada por el sol y por el señor alto moreno y guapo de traje blanco que se hallaba junto al despreciable de Meech.

Estaba agotada. No tenía fuerzas para intentar luchar y salir huyendo. Meech me agarro de los pies y me arrastro fuera de la cajuela dejándome en el piso. Pero antes de que mi cabeza chocara con el pavimento dos manos amables me sostuvieron de la cadera para que no callera y quedara inconsciente; era el señor del traje blanco. Cuando lo vi era apuesto, le sonreí. Por al menos no maltratarme y a causa de la deshidratación. Y luego caí en un vacío. Porque sabía que ellos me venderían al él. Me devolvió el gesto y me levanto la cara. Me recostó en el piso frio y volteo hacia Meech.

-Bien hecho. Es perfecta. Solo necesita recuperarse de lo mal que la has tratado *Rick.* –dijo tomando a Meech del hombro.

¿Rick?, porque le decía ¿Rick?, ¿Un nombre falso para que no descubriera quien era en realidad? ¿Acaso a Natalia la había llamado Sira?

- ¿Cómo se llama? –dijo viéndome el pelo enmarañado.

-Se llama… -Meech se me quedo mirando pensativo. Yo no estaba delirando. Era Meech. Era Meech. No era otra persona estaba usando un nombre falso. Y estaba a punto de ponerme uno igual. – Minerva…Minerva Blend - después de un momento lo dijo. ¿Dijo mi nombre? ¿Real? ¿Por qué no me invento uno falso, como había hecho él y Natalia? Ahora estaba confundida. El señor soltó una carcajada de alegría.

- ¿Lo lograste? ¡Oh! ¡Rick! ¡La famosa Blend! Me sorprendes Rick. ¿Qué dice Frank de eso eh?, tengo a la famosa Blend. Felicidades. Me gusta es perfecto. Ahora vete. Yo la llevare arriba a sus aposentos. –dijo muy contento.

-Sí, señor. –le tomo de la mano.

Después de eso Meech o *Rick* se alejó y me quede en el pavimento. Me dolía todo. El señor Blanco me agarro el cuello y las piernas y me alzo en su regazo. Sentí el sol tocar mi cara después de tanto tiempo encerrada en aquella prisión. Era abrumador en cierto sentido. El viento acariciaba mi pelo. El señor Blanco olía a lavanda. Entro en una sala enorme con muebles muy modernos, giro ala izquierda y subió unas escaleras, subió dos pisos si no me equivoco. Avanzo por un angosto pasillo y abrió una puerta. Adentro había una cama enorme con una colcha blanca bien alineada. El señor blanco me dejo tendida ahí. Sentí como toco mis caderas y bajaba mis jeans. Me contraje y no deje que continuara. No quería más abusos, no quería que él me hiciera algo… No quería que nadie lo hiciera.

-No te hare nada. Solo te cambiare la ropa. Lo prometo. – me miro contemplativo y añadió. – eres muy hermosa como para que te traten así Minerva. Eres importante. –me dijo bastante convencido.

Vi sus buenas intenciones y me relajé. Me quito mis jeans y mis bragas, se detuvo y paso sus manos de arriba abajo en mis piernas. Retrocedió y me miro de soslayo. Estaba pasmada. Creía que me violaría, que abusaría de mí. Pero no me volvió a tocar no en forma tan interesada. Excepto claro cuando me quito el *brassier*, se acercó y me vio un seno, no con perversión si no con interés. Me beso en la boca y me miro a los ojos.

-Lamento mucho lo que te han hecho. Yo nunca eh tratado así a nadie. Nunca te tratare así. –me dijo bastante decepcionado.

Se giró y se dirigió a un pequeño compartimento. Saco ropa y me la coloco. Me beso la mejilla y se fue.

❉ ❉ ❉

Era amable, pero a la vez le sentía un aire de perversión que trataba de ocultar. No me sentí tranquila ni un momento y no pude dormir.

Me sentía intranquila, dispersa, en esa cama enorme. No logre pegar un ojo en toda la noche. Veía cosas, veía personas, personas que se acercaban a mí y me veían. Solo eso me veía. Estuve intranquila. Esperando algo que nunca paso, el Sr. Blanco no se volvió a presentar en toda la noche. Yo creí que vendría, creí que abriría esa puerta y abusaría de mí de alguna forma.

Pero no paso.

Era mi imaginación que daba vueltas, tantos días que habían pasado, tantos de un dolor y terror incansable para mí. Creí que jamás saldría de ese infierno. Y ahora estaba ahí. Como si mi vida jamás hubiera cambiado. Estaba renovada. Y me sentía tranquila. Estaba amaneciendo y por fin pude dormir.

❉ ❉ ❉

-Pequeña… mi cielo. Tienes que venir. Nadie se reirá de ti. Te ves hermosa.

-Pero… ellos dicen que soy tonta. Papá ¿crees que soy tonta?

-Mi amor eres la criatura más inteligente y hermosa que eh visto.

- ¿De verdad?, no papá me mientes porque soy tu hija.

-No cariño. Yo siempre digo la verdad.

-Hazle caso a tu padre, él no dice mentiras. Mi niña el vestido que llevas es hermoso y tu estas hermosa.

- ¿Mama? No quiero ser tonta.

-No lo eres cariño, ven.

- ¿Papa?

- ¿Si?

- ¿Me llevarías afuera?

- ¿Qué te lleve mamá cariño, está bien?

-No, tú.

-Saldremos juntos corazón. Ven…

❋ ❋ ❋

- ¡PAPA!

Desperté empapada en sudor, jadeando, casi sin aire. Seguía soñando con papá aun después de tanto tiempo, el seguía rascando en mi mente los recuerdos que tenia de él. Lo más extraño es que no lo recordaba cuando me encontraba despierta, no tenía recuerdos de él. Eso era triste, no podía acordarme de nada más que cuando dormía. Cuando dormía bien.

Olía a lavanda. Era el Sr. Blanco que se acercaba a mi cama, con ropa en su regazo. Me comento que tenía que lavarme en el baño y ponerme la ropa. Que el esperaría abajo para que habláramos para hacer "acuerdos". ¿Acuerdos de qué?

Me levante ofuscada, tenía un enorme dolor de cabeza. Fui hacia el baño y me fijé poco, en la muy buena decoración que tenía aquel cuarto, era blanco, tenía una enorme regadera y un lavabo ostentoso. Salía agua tibia de la llave. Remoje mis manos por unos minutos, deje que el agua se acumulara en el lavabo y después metí mi cara a ella. Me sentía libre, sentía el agua en mis ojos, en mis manos. Volvía a estar limpia una vez más. ¿Cuándo habría pasado desde que salí de Moncheeart? Me sentía renovada. Tanto que se me olvido el simple hecho de que había sido secuestrada. De que tenía que llamar a mi madre. De que tenía que llamar a la policía.

Salí del cuarto de baño con mi ropa limpia puesta. Busqué por todos los rincones de la habitación, pero no encontré cables de teléfono, ni conexiones. Nada solo la cama, un pequeño baúl y el closet. Me acerqué al closet y lo abrí. Nada. Abrí el baúl y nada. No había nada en esa habitación. Solo yo y mi desesperación que crecía y crecía.

Cansada decidí salir de la gran habitación blanca. Salí y vi el angosto pasillo, lo recorrí y recordé que era hacia la izquierda y luego las escaleras. Cuando baje el Sr. Blanco se encontraba desayunado algo que olía a hot cakes, me rugió el estómago. ¿Cuánto llevaba sin comer?

-Blend. Siéntate por favor has de morir de hambre. Después de dos semanas de no comer bien. –me dijo señalando la silla negra en frente de él.

- ¿Dos semanas? ¿Disculpe? –estaba asombrada.

-Bueno más. Dos semanas que trate de darte de darle comer en los pocos momentos que despertaba. Y bueno Rick me dijo que viajaron casi 5 meses. Que supongo no comió bien.

- ¿5 meses? – se me retorcieron las tripas. Tanto tiempo había pasado. No, no era posible. Me sentía débil y distante.

De un momento a otro, vomité en la alfombra del Sr. Blanco y caí de rodillas. Cinco largos meses. Mi familia. Yo había desaparecido hace cinco meses. De repente el Sr. Blanco se encontraba a mi lado agarrándome de los hombros.

-Srta. Blend, le ruego que se calme. –dijo bastante sorprendido.

- ¡Aléjese de mí! como me pide que me calme. Si fue usted quien me alejo de mi familia. Quien me trajo hasta aquí por el simple gusto de tener a alguien con quien estar. Como pide que me calme. ¿Cómo? –dije gritando, agotando todas mis fuerzas.

-Srta. Blend. Es necesario, imperativo que este aquí. Y le aseguro que no es por pura compañía. –dijo alzando las cejas.

-De seguro Natalia o Meech le mintieron. Me secuestraron. No quiero estar aquí. –no había entendido nada de lo que el Sr. Blanco había dicho. La cabeza me daba vueltas, veía sombras por todos lados.

- ¿Natalia? ¿Meech?, disculpe señorita. Está teniendo alucinaciones… debo llevarla a descansar. –dijo como si le preocupara.

- ¡Déjeme!, hablo de sus… lacayos. Rick y…

- ¿Sira?

-Si…

-Son mis socios. Escuche Srta. Blend somos una empresa que su padre… -comenzó a decir.

- ¿Qué? – al escuchar "su padre", me entro una pizca de curiosidad. ¿Qué quería de mí?

-Srta. Blend necesitamos hablar muy seriamente. Y usted necesita recuperar fuerzas. Le ruego coma y suba de nuevo a dormir.

- ¿Qué tiene que ver mi padre en todo esto? –le dije agarrándome de la silla.

-Srta. Blend, la pérdida de su padre, fue la perdida de millones de euros para nuestra empresa si usted… -lo interrumpí.

- ¿Millones de euros?, él era mi padre… -le dije poniendo mi mano en la cabeza.

-Yo se Srta. Blend. Creemos que posiblemente su padre, le dio la información que necesitamos… que usted es capaz de "soportar" como él... el ADN es muy ... sabio señorita Blend. –me dijo expectativo.

-Yo no sé nada, apenas... -tuve un ligero mareo, sentía presión en las sienes. Me desmayaría en cualquier segundo.

- ¿Apenas si lo recuerda? ¿le pasan cosas raras Srta. Blend? ¿Le pasa que usted solo recuerda a su padre cuando sueña? ¿lo ve nítidamente en sus sueños, pero cuando despierta, no puede ni recordar su cara?

- ¿Cómo sabe todo eso? –le dije aún más confundida.

-Me han dicho que desea convertirse en escritora. Dígame, ¿se le da mucho? –dijo cambiándome el tema. Pero estaba tan débil que no pude aferrarme a la plática.

-Me gusta escribir, sí. –hice un ademan con la mano.

-Me alegra. Eso nos ayudara. –Él estaba bastante relajado... parecía como si estuviera estudiándome.

- ¿A qué? –dije liada.

-Necesita comer. –cambio el tema, otra vez. Agarre fuerzas.

- ¡CONTESTEME! –grite y después me balance agarrándome de la silla.

-Necesita calmarse. Ya está temblando, y no me agrada que se manche mi alfombra favorita. –no me miro al decir eso.

-No me diga lo que necesito. Lo que necesito es una llamada. Y me vale su asquerosa alfombra. –le dije más decidida.

-No puedo permitirle eso. –dijo sin importancia.

-Ah no ¿Por qué? –le dije con tono sarcástico

-Tenemos mucha competencia en... nuestra empresa. Y la discreción es lo mejor. Nadie puede saber que usted se encuentra aquí. – y negó con la cabeza. Me estaba desesperando.

-Mi familia debe. Y eso si quiere mi ayuda. Si no juro que me suicidare y ya no le serviré de nada. –dije alzando la cabeza y mi cuerpo ahora esquelético.

El Sr. Blanco se me quedo viendo con cara seria a los ojos. Estuve a punto de acobardarme, pero le sostuve la mirada y después de un rato el cedió. Aparto la mirada y se levantó. Se acercó a mi muy decidido, creí que me golpearía. Se acercó demasiado, él era más alto que yo. Metió una mano a su bolsillo y retrocedí. Me miro sorprendido y me tendió el teléfono.

Tomé el celular y subí las escaleras. El Sr. Blanco se quedó como fantasma plantado en las escaleras. Subí hasta la alcoba donde me hallaba en la mañana, cerré con seguro y marqué el número. El de mi madre y nada. Mi hermano y nada. Llame más de cinco veces a los dos y ninguna vez me contestaron. Pensé y pensé más, el otro número que me sabía era el de mi padre… pero ¿Por qué? Eso ya tenía mucho. Lo marque, sonó, uno, dos, tres, cuatro, cinco, seis pitidos, tres pitidos más y después alguien contesto.

- ¿Si?

Era un hombre. ¿Papa?, no. No era él. No sabía que decir.

- ¿Hola? –dije apenas sosteniendo el celular.

-Sí, ¿Quién habla?

-Habla… Min. –le dije con valentía.

- ¿Min? –dijo algo confundido.

-Minerva Ble… -no me dejo terminar.

- ¿Blend? – sonaba sorprendido.

-Si

-Soy… soy… tu hermano. –dijo emocionado, sorprendido.

-Mi ¿Qué? – me separe del teléfono y lo vi con cara extrañada, como si el teléfono tuviera algo mal.

-Oh. Dios estaba esperando a que llamaras. Estaba… espere por mucho. Lo tuve prendido desde que el…

-Desde que murió. –le dije triste.

-Sí. Tienes que ayudarme. –parecía como si tuviera prisa.

- ¿Qué? –no sabía que era esto, ¿un hermano?

-No es un lindo reencuentro necesito tu ayuda. Él dijo que podrías. –mientras hablaba conmigo parecía como si estuviera tecleando algo en una computadora.

- ¿Qué? Ni siquiera te conozco y no sé dónde estás.

-No es donde este, tengo problemas con el… trabajo.

- ¿Qué? ¿Cuál trabajo? –me sentía mareada.

-Pareces principiante. ¡No lo recuerdas… Oh no!, te borro. ¡Te borro! –dijo gritando y golpeando en el teclado.

- ¿Me qué? –no sabía de qué hablaba ese chico extraño, mi hermano.

-El me dio el teléfono y me dijo que tú sabrías la clave. ¿Sabes la clave? No por supuesto que no. No la sabes. ¡Él te borro! ¡Maldita sea!, no se molestó en decírmelo ese maldito antes de morir. –dijo bastante enojado.

- ¡Oye! Hablas de mi padre. –le grite por el teléfono.

-Necesito tu ayuda… tengo… tengo que colgar. Adiós. Volveré a llamar. –dijo apresurado.

Sonó el tono de colgado. Me quede como estúpida, sosteniendo el teléfono viendo como sonaba. ¿Quién era ese tipo? ¿Y de que rayos hablaba? ¿Clave? ¿Me borro?

No entendía nada. Me recosté en la cama y segundos después me dormí.

CAPITULO VI

Jess

-¿Tu estilo de vida Jess? –me dijo casi gritando.

-Aja. –no podía creer que dejaría ir a aquella chica de negros cabellos.

-Si no me querías ver. Si no soy tu estilo de vida, si creías que soy inocente y estúpida nunca me hubieras besado, nunca me hubieras llevado a tu escondite, nunca me hubieras llamado al pozo, nunca me hubieras hablado en esa banca. Nunca me hubieras dejado interesarme por ti. Nunca me hubieras visto como me viste ese primer día. Si en verdad no quieres verme más solo no lo hagas. –las lágrimas brotaron de sus ojos.

Sus palabras me cortaron en dos, me sentía culpable... ella talvez tenía razón. Todo era culpa mía. Reuní el poco valor que me quedaba y la miré a los ojos.

-Así será Minerva. –le dije mirando a aquellos ojos verdes, llenos de lágrimas. ¿Provocadas por mí? No importaba, sería poco dolor comparado con el que viviría junto a mí. Y aunque yo la quisiera, que la quiero... no era bueno para ella. No lo suficiente. Pero estaba enfadado, no con ella, conmigo... no podía soportar verla llorar, no por mí. Me levante sin siquiera despedirme, saque unos billetes de mi cartera los deje en la barra del café y salí. La rabia se había acumulado en mis puños ahora cerrados. Salí y pateé el bote de basura de afuera, necesitaba irme, alejarme de todo esto.

Subí a la moto y me coloqué el casco en la cabeza. Metí la llave y di marcha, aceleré, la calle empedrada me impedía la velocidad. Me dirigí hacia la pequeña carretera que separaba a Moncheeart de la autopista. Alcance el asfalto liso y acelere, las luces del pequeño pueblo se iban alejando, cada vez más oscuro, mas solo. Alcance a notar en el velocímetro los ciento diez kilómetros por hora. Me matare. Pensé, un arrebato. Alejarme, era lo único que necesitaba… pero ni la velocidad, ni el aire, ni la oscuridad alejo a esa chica parada fuera del pozo, era una chica delgada, pero bastante atractiva, jeans, unas botas, el pelo negro como azabache y enredado por el viento, esos ojos verdes que me ponían impaciente. Pero no… yo no era bueno para nadie. Ella sufriría por estar conmigo… ¿tendría que ser tan malo? Solo eso se encontraba en mi cabeza, una señal en la carretera de alto, ahí conectaba a la autopista. Podría irme, ella me olvidaría. Encontraría a alguien como Steven, a alguien mejor incluso que él y que Steven juntos. Ella me olvidaría, pero ¿yo la olvidaría? ¿A esa chica tan intrigante? Me detuve en la señal. Solo tenía que apretar el acelerador y huir de ahí. ¿Sería tan cobarde? ¿Actuaria de esa manera, solo porque no puedo luchar por Min? ¿Lo haría? Mi cabeza daba vueltas, me sentía cansado. No sabía qué hacer. No. No me dejaría vencer, podía mejorar. Mejorar por ella. Y cuando me sintiera preparado, lucharía. Ella estaría bien con él.

Pasaron semanas, Min no salía de mi cabeza y también me negaba a olvidarla. Decidí que ella merecía algo mejor y eso me decidí a ser, deje de ir a bares, al club, al *shink,* al *bash,* ya no quería ser el rompecorazones de Moncheeart. No más, ahora asistía a todas mis clases, llegaba a casa y en vez de cerveza en el refrigerador, agua o jugo, leía unas cuantas veces por semana. Había cambiado radicalmente, todo el tiempo me preguntaba de que serviría si ella no veía aquel cambio. La verdad es que creo que me sentía avergonzado, de que ella pensara que había sido así alguna vez. Me animaba repitiéndome que valdría la pena el esfuerzo. Ya llevaba dos semanas recluido, casi, en mi casa y en la escuela. Un viernes por la noche después de las clases Jeremy toco a mi puerta.

-Jess, estas ahí –dijo con un tono burlón. Abrí la puerta.

-Jeremy –le dije bastante contento, era muy buen amigo mío.

-La verdad querido amigo, esta etapa del ñoño se te está saliendo de las manos –me dijo entrando y tomándome por el cuello.

-No es ninguna etapa, Jermy –le dije, el odiaba aquel apodo que alguna vez en la secundaria le habían puesto. Se lo dije satisfecho y el me soltó.

- ¿Jermy? Madura Jessy la vaquera – ese apodo… era legendario, pero ya bastante olvidado.

-No molestas, ¿Qué ocurre amigo? – le dije queriendo conocer las sucias intenciones que lo llevaban a mi puerta esa noche de viernes.

-Iras conmigo al *shink* amigo, tal vez encuentras a una linda chica… y te oriente. – me dijo riéndose a carcajadas.

-No iré Jeremy, lo siento colega. –le dije ofreciéndole un jugo.

- ¿Jugo? Que estamos ¿en pre-primaria? – me dijo bastante enojado y luego sonrió. –trae unas cervezas amigo. Vamos Jess será divertido, solo esta noche, extraño a mi amigo. –me dijo con voz nostálgica. La verdad yo también extrañaba a mi amigo. Me lo pensé un momento y al final acepté.

-Vamos –le dije emocionado y agarre mi chamarra de cuero, la coloque sobre mis hombros y Jeremy salto del sofá en el que se encontraba.

-Muy bien el rompe corazones vuelve a las andadas –dijo Jeremy muy entusiasmado. Yo me pare en seco y a él lo tome de la chamarra en un arranque de furia.

-No volveré a ser ese sujeto jamás, nunca más. –le dije estallando de rabia.

-Oh, chaval, ¿acaso una mujer… de las buenas…paso por tu vida?

–me dijo muy sorprendido y alzando las manos. Al parecer en modo de broma.

-No. –le dije enseguida y le solté. –Vamos –le dije saliendo por la puerta.

En todo el camino Jeremy no volvió a molestarme con ninguna cosa. Me conto de una linda chica que vivía en la ciudad, estaba emocionado. Me dijo que hasta se casaría, que estaba enamorado. Cuando comenzó a contarme como la había conocido, yo solo pude pensar en Minerva. Ella con su cabello negro amarrado en una trenza que caía tiernamente junto a sus mejillas rosadas.

-Amigo, ¿estas escuchando algo de lo que te digo? -me dijo algo molesto.

-Sí, discúlpame. –le dije muy sincero.

Llegamos al *shink,* fuimos directo a la barra. Reconocí a Joe enseguida y el a mí. Nos dimos un abrazo y me grito al oído que, si quería un trago, la casa invitaba. No sabía que él me apreciara tanto, pero tenía sentido por que pase mucho tiempo ahí en ocasiones anteriores. Era agradable que él me recordara, Jeremy y yo nos pusimos en los improvisados bancos enfrente de la camioneta. Joe nos colocó dos bebidas rojas en la "barra", Jeremy pregunto que era, Joe solo nos observó.

-Es el mejor trago que tengo, en honor a que Jess ha vuelto con nosotros. Lo mejor para mis dos titanes. Sangre de Dragón–dijo alzando una copa igual, haciendo una seña brindando.

-Gracias Joe. –fue lo único que le dije. Tomamos el coctel que nos había preparado.

Pero no fue el único, pasamos más de dos horas tomándolo, ya estaba algo borracho cuando escuche un grito.

- ¡trae dos más! - una chica delgada al otro lado de la "barra", me recordó a alguien, pelo negro, piel tan blanca como la luna. ¿Min? No estaba seguro, no quería pensar que estaba alucinando. Le llevaron dos caballitos de tequila a aquella chica. Cuando se los dejaron en la barra, los tomo los dos, seguidos, sin si quiera esperar a que el alcohol recorriera su garganta. Era impresionante, ¿Qué clase de chica haría algo así? Estaba con un chico, bastante alto un poco moreno. Joe, dejo otro sangre de dragón frente a mí, lo tome de un golpe. No me iba a quedar con la duda si era Minerva o no. Me dirigí hacia ellos, cuando me percaté que era Meech y Min, ¿juntos? Meech y yo tenemos una historia, no somos buenos amigos, no confiaba en él, sabía lo que era capaz de hacer. Así que el alcohol me hizo actuar más rápido y más agresivo, cuando se alejaban hacia la pista de baile, tome a Minerva del brazo, cuando volteo se veía muy sorprendida. Me perdí un momento en la mirada de Min y Meech me dio un empujón, me distraje. Observe como ella se tambaleaba, ya estaba borracha, no dejaría que Meech se aprovechara de eso.

-Déjala Meech, ya está borracha. No quieras aprovecharte de eso –le dije.

-No lo estoy, no te metas. –me dijo Min, con una mirada de odio.

-Ya oíste Klein, no te metas, ni con ella, ni conmigo. –dijo Meech, no podía soportar a ese tipo, Min no sabía en lo que se estaba metiendo. Así que, en mi último intento por protegerla, reuní toda la estabilidad que pude y la furia ya se había alojado sola en mis puños, ya cerrados. Lo jale y lo golpee en la cara.

-Ella no sabe con qué clase de chico se mete Meech. No te atrevas a tocarla. –le dije mientras se encontraba en el suelo. Por un momento pareció algo sorprendido. Pero después se echó a reír. Eso me hizo enrojecer de la furia.

- ¿Es todo lo que tienes Klein? ¿tú me lo vas a impedir? ¿Acaso es tuya? –me dijo burlándose. Traté de guardar la calma y vi a Min. Confundida y asombrada y vi un brillo de terror en sus ojos. Eso me asusto.

-Min. –le dije, no quería hacerle daño a ella. Solo me miro, sorprendida, enojada. No lo sabía, no con certeza. Me pareció ver un rastro de orgullo en sus ojos, pero se convirtió en rabia. Lo había arruinado. Se acercó a mí, con pasos fuertes y me tomo de la chaqueta.

- ¿Qué te pasa? – no sabía que decirle. No sabía cómo arreglarlo. –no soy tuya, ¿recuerdas? Me botaste aquel día en el café, en el que me hiciste correr a casa mojada y sola. ¿Recuerdas? No estaré nunca contigo Jess. –me grito despidiendo un olor a alcohol más increíble que el mío, me dolió. Yo solo quería que ella creyera que yo era el mejor.

- ¿Es cierto? –le dije, rindiéndome.

-Estoy con Meech ahora, nos iremos a bailar. –me dijo mientras jalaba a Meech hacía el centro del *shink*, la rabia y la tristeza me inundaron. Los vi alejarse. Cuando por fin se detuvieron Meech no pudo contenerse, me miro y la tomo del trasero. Ella no hizo nada para impedirlo. Después solo vi como Meech le bajaba las bragas y me veía satisfecho guardándolas en su pantalón, después le besaba el cuello. Me negué a ver lo demás, Min ahora estaba con él. Y no podía hacer nada para impedirlo. Me senté en el banco y giré para pedir otro sangre de dragón. Me embriagaría, no la recordaría después de eso.

✳ ✳ ✳

Abrí los ojos, me sentía agotado. Aún era de noche. Estaba en mi cama, me sentía mareado, tenía un poco de sed. No recordaba con exactitud todo lo que había pasado aquella noche. Y de repente mi mayor pesadilla se volvió realidad. Al girar había una chica de cabello largo desnuda a mi lado. Lo había hecho otra vez, actuar sin pensar nunca me había salido bien, ahora tenía que decirle a aquella chica que no quería absolutamente nada que ver con ella. Me levante lo más despacio que pude, me acomode los boxers y después me puse el pantalón. Había sido una noche muy larga, la ropa de aquella chica estaba por todas partes, combinado con unas botellas de cerveza por aquí y por allá. Me colé dentro del baño, me enjuagué la cara y me vi en el espejo. Era el mismo. Pero ya no estaba orgulloso de lo que hacía. No importaba ya. Min estaba con Meech. ¿De que serviría ahora que me esforzara? Todo se había arruinado.

Cuando salí del baño, me quedé pasmado. Me detuve y contuve el aliento. Era Natalia, estaba dormida y su espalda desnuda se unía con su cuello hasta su cara, era linda. Sensual, casi perfecta. Pero no era Min, estaba en shock. No podía haberlo hecho con Natalia, no tenía que haberlo hecho con Natalia. Si Min se enteraba sería un fin definitivo. De un momento a otro me sentí extraño. Min estaría en casa de Meech, no quería ni imaginarme que estarían haciendo. ¿Por qué seguía preocupándome por lo que Min pensara? A ella no le había importado ni un poco mostrarme como se hacía caricias con Meech. ¿Y por qué no lo haría con Nat? Ella era casi perfecta, no nos conocemos muy bien, -un punto a mi favor-, era sensual y está en mi cama desnuda. Ya no podía perder nada más. Me acerque a ella, le acaricie la espalda algo bronceada, se estremeció y me vio.

-Jess. –dijo sonriendo y cerrando los ojos. Me senté a lado de ella y abrió los ojos. - ¿Qué pasa? –eran unos ojos hermosos, color café, su nariz respingada. Me hipnotizaron, me abrí paso entre las sabanas y me coloque encima de ella. –que inquieto. –me dijo en un tono más bajo. Mientras yo me quitaba el pantalón y después le quite sus bragas. Me vio expectante. –solo hazlo. –me dijo mientras me tomaba de la cara y me besaba.

* * *

Nat, era increíble en la cama. Pero después de hacerlo con ella, me sentí vacío, tan incompleto, tan ansioso. Me quede mirando al techo.

-Jess, me has dejado exhausta. –me dijo mientras se recargaba en mi pecho. –pero tengo que irme amor. –me quede muy quieto.

- ¿Amor? – le dije alejándola un poco de mí.

-Podemos hablarlo si quieres, pero mañana. Tengo que irme ahora. –se levantó muy ansiosa. Se vistió, cogió sus cosas y se fue. Yo no me moví ni un centímetro, en lo que ella se retiraba.

¿Me había dicho amor? No creí que fuera tan inocente, no lo creí. Me sentí abrumado. No quería estar con ella. Tenía que aclarárselo y eso no podía esperar. Aún estaba oscuro, pero faltaba muy poco para el amanecer. Me vestí y salí. Tome la motocicleta y me coloque el casco. Salí hacia la casa de Nat, pero antes de llegar vi un coche negro con una raya, vi como Natalia se subía apresurada, el tipo era Meech, que salió del auto y se dirigió a la cajuela. Detuve la motocicleta, la abrió y vi un bulto, ¿algún paquete? Prendí la motocicleta para acercarme. Pero cuando lo hice Meech se dio cuenta, me quedé paralizado. Me sonrío y entro en el coche, una vez adentro acelero y salió muy rápido por la calle principal. No estaba seguro de que fuera un paquete, pero entro en mí la ansiedad. Quería saber si Min estaba bien. La verdad creo que solo quería verla y esa fue mi excusa perfecta. Hablaríamos. Dirigí la moto hacia la casa de Min. Cuando llegue el portón estaba abierto. Su mamá estaba en su pequeña huerta. Dejé la motocicleta y fui hacia ella.

-Buenos días. –le dije acercándome poco a poco. –el portón estaba abierto, por eso eh entrado, espero no le moleste. –le dije un poco avergonzado.

-Jess, me da gusto que estés aquí. –me dijo y se levantó. En su mirada se veía que estaba preocupada. – ¿le paso algo? –me dijo muy asustada.

- ¿Qué? –le dije algo preocupado.

- ¿No has visto a Minerva? –me dijo y note que estaba al borde de las lágrimas. –ella no es así, me avisaría. No ha llegado desde ayer, solo salió a dejar un libro a la biblioteca, pensé que tal vez se había quedado con sus amigos, ¿pero ni un mensaje? –me quede helado, ¿Meech le haría algo? No podía esperar, me llevaría solo unas cuantas horas de ventaja, podría perseguirlo.

-La vi con Meech ayer. –le dije ansioso. –llame a la policía, Señora Blend, que sea rápido. Dígales lo que me dijo. Los vi salir a Natalia y Meech del pueblo hace como hora y media, iré a buscarlos. –le dije decidido. No podía esperar el sentido de la urgencia me invadió. Salí corriendo del huerto de la señora Blend. Me Subí a la moto y salí disparado.

* * *

El empedrado otra vez me impedía ganar velocidad. Cuando por fin logre alcanzar el asfalto, solo acelere. El siguiente pueblo cerca era Fishman, a unas cuatro horas. Esa sería mi primera parada.

Al llegar a Fishman, se había casi acabado mi gasolina. Me pare en la gasolinera y le pague al chico que atendía. Una vez con el tanque lleno, decidí echar un vistazo, el pueblo era bastante pequeño. Había una cafetería. Entre, el lugar olía a humedad, la barra estilo de los 70´s le daba un buen toque, junto con el piso color rojo y blanco. Moría de hambre, me senté, al otro lado de la barra una chica me miraba con sus ojos verde aceituna, me voltee y me centre en el menú, yo estaba ahí buscando a Min, pero era obvio que me había herido demasiado la noche anterior. La chica de la barra se quitó la sudadera que llevaba encima, dejando ver su escote que provocaba su uniforme demasiado pequeño para ella. Era mi mesera. No me quito la vista de encima y yo tampoco lo impedí. Llego a mi mesa.

- ¿Ordenas? –me dijo bastante coqueta. Tenía una larga coleta que contenía a su chino cabello café.

-Sí... -me quede pensando. Tenía que preguntarle acerca de Meech y Natalia. Así que planee bien la estrategia. – huevos, con tocino por favor. –le dije convencido.

-Muy bien. –anoto en su libreta y se giró. Movió sus caderas hasta la barra y de ahí a la cocina. La chica sí que era hermosa.

Cuando regreso ya traía mi platillo en su mano.

-Aquí tienes. –me dijo y lo coloco enfrente de mí. Antes de que se apartara la tome de la muñeca. Me miró fijamente.

-Siéntate, por favor, te invito un trago. –le dije acercándola a mí. La solté y se sentó frente a mí.

- ¿Y bien? –me dijo expectante.

- ¿Cómo te llamas linda? –era oficial. Volvía a ser un patán hecho y derecho. Pero esta vez me importo mucho menos. ¿Y si Min simplemente quería huir con Meech? Y yo estaría perdiendo mi tiempo buscándola como un desquiciado.

-Esmeralda, guapo. – me dijo guiñándome un ojo. - ¿Y tú cara bonita tienes nombre? –me dijo acercando su mano a la mía.

-Jess. –le dije. No quería llegar a nada más, pero después de una larga platica, nos enrollamos en el armario del establecimiento.

Esmeralda, era inteligente, sensual. Todo un bombón de mujer. Mientras le besaba el cuello en aquel armario, pase mi mano por su pierna que cada vez enrollaba más en mi cadera.

- ¿No quieres salir de aquí? –me dijo con la voz entrecortada por la falta de aire.

-Sí, ¿A dónde? –le dije sonriéndole.

-A mi casa. –está a veinte minutos de aquí.

-Ya tiene carruaje, señorita. –le dije soltándola.

Salimos el armario, ya era de noche. La tome de las caderas y la saque de la cafetería.

-Una moto. –me dijo dando un brinco. –Es muy sensual –me beso. Le di el casco y me subí a la moto.

-Venga nena. –le dije algo impaciente. Se subió rápidamente en la motocicleta. Deje que el motor ronroneara un poco, la sensación en el asiento la hizo apretarse contra mí. Eso me ínsito, se agarró de mí y acelere. Me indico con señales por donde avanzar.

Despúes de veinte minutos, me encontraba enfrente de una casa enorme, con pilares blancos y una puerta gruesa de caoba. Me quede boquiabierto. ¿Quién era aquella chica?

CAPITULO VII

Los acuerdos

Pase más de un mes en rehabilitación. Con entrenadores personales y una dieta estricta. Los primeros días fueron la muerte. Terminaba tirada en el piso en la sala de cardio y vomitaba más de dos veces al día. Después de que comencé a comer sin vomitar todo fue más sencillo. El Sr. Blanco me vigilaba, pero normalmente, no interrumpía. No había hablado con él, desde que me dio las indicaciones para seguir la recuperación. Asistí al psiquiatra igualmente. Regularmente soñaba con fuego, el humo me asfixiaba, me levantaba gritando a media noche, algunos días era peor. Y mi pesadilla estaba presente en aquella casa, enorme, con muros por fuera. Era Meech. Soñaba con aquel día del shink, pero en los sueños parecía ser mil veces peor. El Sr. Blanco cuando noto lo de las pesadillas y que no dormía. Se entrometió.

-Necesitas terapia, Minerva. –me dijo un día mientras desayunábamos. Me sentía inquieta, no le preste atención ya que mi madre aun no sabía de qué me encontraba ahí. Pero debí ser más lista respecto al teléfono. Yo solo le había pedido una llamada y fue todo lo que me dio después de eso el teléfono no volvió a funcionar jamás.

- ¿Terapia? Ahora quiere que tome terapia. –dije sarcástica.

-No entiendo por qué la actitud Minerva –me dijo alzando una ceja.

Era desesperante lo amable que era, la realidad de las pesadillas es que no soportaba ver a Meech rondando por la enorme casa. Acechándome como un león que persigue a su presa hambriento.

-Lo siento. –me disculpe, de mala gana. No era como si no fuera culpa del Sr. Blanco tenerme ahí atormentada.

-Terapia. –dijo poniéndose rígido.

-No. –le dije alzando la vista y soltando el tenedor.

-No puedes descansar y rendir óptimamente en el día para las pruebas si tienes pesadillas y duermes poco. –me dijo mientras se paraba y se colocaba detrás de mí. –dime que te molesta Minerva ¿Por qué no puedes dormir? –dijo tomándome de los hombros, me puse tensa al sentir el contacto de sus manos ásperas en mis hombros y cuello. Me libere de él, me levante y quede justo enfrente de su cara.

- ¿Por qué no puedo dormir? ¿Es una pregunta sería? ¿Por fin interesa lo que yo quiero? –le dije muy sarcástica y arqueando mi ceja.

-Minerva, solo quiero ayudarte. –me dijo posado su mano en el brazo. Me sentía mareada, tenía dolor de cabeza. Que de las últimas semanas se había hecho más constante. Me veía preocupado. Tal vez el Sr. Blanco tenía razón. Necesitaba algún tipo de terapia.

-Está bien Sr. Blanco, tal vez, solo tal vez tenga razón. –le dije sosteniéndome de él.

-Sé que le ayudara. –me dijo mientras me sonreía.

Dicho esto, salió de la sala comedor y se alejó por un pasillo. Espere en el comedor con medio plato de comida en la mesa, cuando volvió, traía unos guantes de boxeador y algo así como un casco.

- ¿Quieres herirlo como lo hizo contigo ¿no? –me quede confundida. ¿Cómo era que sabía que Meech era lo que no me dejaba dormir por las noches? No negaba que el Sr. Blanco era bueno investigando cosas, pero bueno creo que era algo evidente respecto a mi comportamiento. –Vamos Minerva, lo se *Rick* es lo que te molesta. Él te incomoda, se ve. Deja de fingir conmigo. Te ayudare a que te descargues –me dijo con cara de preocupación.

-Lo hare a su modo Sr. Blanco. –acepte, pero no sabía que quería lograr con aquello.

Se acercó a mí y me coloco los guantes, olían a plástico, eran rojos...muy rojos. Apretó las cintillas y me tomo del brazo, me jaló por el angosto pasillo por el que había llegado. Entramos a una habitación blanca, enorme. Nunca había estado ahí, esa casa me abrumaba, sentía que había muchos secretos dentro de ella. Me deslumbro una luz que venía del centro de aquella habitación, había una pequeña puerta y alado de ella se alcanzaba ver una sombra, me acerque poco a poco. Cuando estuve lo suficientemente cerca, di un brinco y retrocedí. Era Meech. Contuve la respiración, todas mis pesadillas se me venían encima, me sentía débil. Pero antes de perderme en la oscuridad un par de brazos me sostuvieron.

-Minerva... no dejes que esto te supere. – Era... ¿mi padre? Estaba alucinando... pero ese pequeño susurro me impulso hacia delante. Y vino a mi mente música. Retumbaba en mis oídos, era *serenade de Schubert,* la música clásica siempre me había gustado. Pero después de la muerte de mi padre, había perdido significado para mí. Pero la suave melodía, me impulsaba. Pareció como si despertara de golpe y vi al Sr. Blanco mirándome con preocupación.

- ¿Te encuentras bien? Tal vez fue demasiado pronto. –lo último lo dijo susurrando.

-Puedo hacerlo estoy bien. –le dije abriendo los ojos.

- ¿Puedes? –me miro dudando. Puse la cara firme y me enderecé. –Está bien, golpéalo Minerva. –en el instante que pronunció estas palabras dos tipos fornidos salieron de la puerta y sostuvieron a Meech, el grito, el Sr. Blanco lo había engañado. No le había dicho el propósito de su presencia ahí. Lo vi, a los ojos después de tanto tiempo, tan obscuros, casi abismales. Y parecía como si pudiera ver cada capa de tu piel.

Eran hipnotizan tés, pero lo conocía. Él no era el chico tierno que solía conocer. Lo odiaba y su sola existencia me perturbaba. Un frenesí de furia se apodero de mí y me abalance contra él, lo golpe en la cara, con toda la fuerza que podía reunir. Perdí la noción del tiempo, solo veía a Meech y poco a poco vi como con mi pequeña cantidad de fuerza empezaba a resbalarle una gota de sangre por la nariz. Lo golpe en la cara hasta que quede satisfecha. Hice una muy breve pausa y lo golpe en el estómago, él se dobló hacia enfrente y escupió sangre. Lo levante del cabello y le golpe la cara y el abdomen con la rodilla repetidas veces. Cuando los tipos que lo sostenía se dieron cuenta que Meech estaba al borde de desmayarse lo dejaron en el suelo. Cuando lo hicieron me coloque encima de él y lo golpee, desgaste mis energías, cuando me di cuenta él ya se había desmayado y yo me tambaleaba con la vista borrosa fijada en él. Vi de reojo al Sr. Blanco, como veía con satisfacción a Meech que se hallaba con la cara morada y ensangrentada.

-Excelente Minerva. –dijo con un tono de satisfacción. Mi lado consiente volvió a mí y llore.

-Soy un monstruo. –le dije con el poco aliento que me sobraba. Lo era… ¿qué me diferenciaba de Meech ahora? Nada. Él y yo ahora éramos iguales, no tuve la decisión de parar. Pude haberle dado algunos golpes y hacerlo sufrir tal vez lo justo, pero había sobrepasado ese límite, solo seguí lastimándolo por el placer de hacerlo, por el placer de verlo como yo me sentía por dentro. Solo por el placer de querer verlo morir. Me sentía una basura.

-Minerva era necesario, ahora tu recuperación podrá ser más efectiva y rápida. Él te impedía el proceso de recuperación psicológico, sin esto no podrías recuperarte del todo físicamente. – me dijo entrelazando los dedos de sus manos.

- ¿Por qué me hizo hacer esto? – le dije algo confundid, aun mareada.

- ¿Yo te obligue a golpearlo? – hizo una pausa. –quería probar un punto Minerva. – me dijo sonriendo.

-Ah sí… ¿Cuál?

-Todos podemos ser animales.

* * *

Después de ese día no volví a ver a Meech. Recuerdo que se lo llevaron arrastrando por la pequeña puerta. Me dolía recordarlo. Me encerré en el cuarto, no comí, ni bebí durante una semana.

Cuando logre superarlo, me acople a la rutina del Sr. Blanco. Cuando me consideré en "optimas" condiciones me atreví a aventurarme a su despacho.

Olía a cebada combinada con lavanda, a libro viejo y a polvo de varios días. La habitación estaba oscura, un ventanal en la parte posterior de la sala se hallaba cubierto con una cortina gruesa de color vino o tal vez rojo opaco. Tenía estanterías de libros, audios, una pequeña grabadora. Encima del escritorio se encontraban sus apuntes. La silla era enorme, negra de cuero, con tan poca luz daba la apariencia de un oso enorme. Tenía una pequeña lámpara encima el escritorio, algo antigua.

-Me preguntaba cuando vendrías a visitarme. –dijo una voz profunda al fondo de la habitación. Me sobresalte, pero después vi al Señor Blanco salir de un rincón.

- ¿Me esperaba? –le dije algo angustiada.

-Minerva… -salió de la obscuridad y me hizo un gesto negativo. –desde hace mucho, espero que vengas. Como ya te eh dicho tenemos que hablar.

- ¿Hablar? ¿De qué? –dije.

-Siéntate Minerva. –dijo mientras me señalaba la silla enfrente del escritorio. Me senté muy despacio. –Tenemos que... -el Sr. Blanco se veía preocupado. Algo impaciente, se sentó en la enorme silla de cuero. –tenemos que poner algunos acuerdos. –dijo al fin.

- ¿Acuerdos? –esa palabra me sonó tan extraña. –Tiene razón, me ha tenido aquí bastante tiempo, mi familia tiene derecho a saber que estoy aquí, o al menos que estoy bien. –le dije poniéndome algo tensa y agarrándome de la silla.

-Tiene razón en que ha estado mucho tiempo aquí, sin que nadie sepa de usted. Pero me parece que la solución no es llamar a su familia. No, no puede hablar con su familia, señorita Blend, lo siento. –al escuchar estas palabras se me detuvo el corazón, ¿no me dejaría volver jamás? ¿No me dejaría hablar con mi familia nunca más? Abrí los ojos como platos y me quedé sin aire, el peso del encierro cayó en mí en cuestión de segundos. Todas estas semanas, había ignorado el hecho de que me habían secuestrado. Y de repente pase al enfado total.

-Señorita Blend, entiendo que quiera...-dijo y me pare de golpe.

-No puede hacer esto. –le dije gritándole. –No seguiré con nada de esto si no me deja hablar con mi familia. –apreté los puños lo más que pude para contener mis ganas de golpear algo.

-Eso no va a poder ser posible. –dijo mientras se levantaba cuidadosamente de su silla. –usted se quedó por que no sabe quién es, una parte de usted quiere saber lo que su padre era. –dijo riéndose.

Me sentí impotente, yo había aceptado que me quedaría. Pero nunca pedí venir. Su risa me provoco un calor inigualable en la cabeza, actué sin pensar y me le abalance alcance a golpearle la cara, una sola vez... cuando intente dar el segundo golpe certero detuvo mi brazo, me tomo del otro y me dio la vuelta, en un giro que hizo que me tronara algo en el hombro y después no lo sentí, me tomo de la cadera y me empujo la cara contra el escritorio, ahora estaba aterrada. Se acercó a mi oído.

-Minerva, no vuelvas a tratar de dañarme. –dijo sentenciándome. El cuello me daba punzadas. No sentía el brazo. –si no sufrirás más tú en el camino. –me soltó y caí al suelo. Salió del cuarto y me dejo ahí, con un dolor horrible, no podía levantarme, me percaté de que me había roto o dislocado el brazo. Llore de dolor. Pasados unos minutos, apareció de nuevo el Sr. Blanco y seguido de él Meech. Se dijeron algo que no alcance a escuchar. Seguido de eso Meech se dirigió hacia mí. Patalee y llore cuando me tomo del brazo, no solo porque me dolía, sino porque no quería que Meech se me acercara. El dolor fue más que mi repulsión y quede exhausta y me deje llevar. Cuando pasamos junto al Señor Blanco, sonrío.

-Le dije que a usted le ira peor en el camino. –y se echó a reír a carcajadas mientras Meech me llevaba a rastras por el pasillo a la izquierda.

Pasamos junto al comedor, creí que me llevaría a mi habitación. Pero no, paso las escaleras y entro por el pequeño pasillo junto al comedor y seguido de eso pasamos por la sala en donde golpe a Meech, me dieron ganas de vomitar. Me dolía todo. Salió por la pequeña puerta del fondo y entramos a otro pasillo oscuro, se escuchaba agua. Y olía horrible. Meech se detuvo y me jalo del otro brazo y me subió a su espalda. Grite de dolor.

-Cállate. –me dijo susurrando. Siguió caminando. Estaba aterrada. Pero en ese momento me sentía incapaz de pelear. No sabía a donde me llevaba. De la nada se detuvo y estiro el brazo. Pasaron unos segundos y una puerta se abrió. Era un ascensor. Entramos, era completamente plateado y sin botones. Sin salida. Me empezó a doler la cabeza, sentía pánico. Empecé a sofocarme, no podía respirar. Meech se percató y me sacudió, llegamos y salió del elevador y me coloco en el piso.

-Respira Minerva, lo último que necesito es que mueras. –me dijo con una sonrisa en el rostro. Todo se movía, no podía enfocar a Meech y me pareció como si estuviera en un sueño. Me perdí de la realidad, pero aun moría de miedo, tenía terror en averiguar que me haría. Me sentí impotente.

* * *

-¿Cómo pudiste Meech? –le dije antes de desvanecerme.

- ¿Y entonces? –me dijo mirándome a los ojos, casi retándome.

-No es justo. –le dije cruzándome de brazos. –Al menos dame una pista. –dije alzando una mano. Me miro dudando, pero al final asintió. Y luego dudo otra vez.

-Minerva, lo hemos repetido millones de veces. –me dijo decepcionado.

-Pero papá…- no quería aprender números, era estresante.

-No Min, esto te ayudara. No lo hagas por mi hazlo por ti. Vamos pequeña sé que lo recuerdas. –me dijo dándome un beso.

-cuatro, siete…-comencé.

-Tu puedes Min…-me animo.

-Tres, cinco, uno, cero –termine de decir y salte de mi asiento. -¡lo logre papá!¡Lo logre! –le dije abrazándolo y dándole un beso.

De repente, todo se esfumo incluido papá, me encontraba en un lugar lleno de muebles extraños, estaba muy alumbrado y todo era blanco. Cuando intenté moverme, no pude. Estaba atada y tenía algo en el brazo. Y escuche una voz.

* * *

-No te dolerá. –me dijo. Pero no vi a nadie.

Desperté gritando y me golpe con algo duro en la cabeza, el suelo estaba mojado y muy frio. Cuando logre enfocar, solo alcance a ver barrotes negros. Estaba encerrada, tenía un vacío en el estómago y tenía vendado el brazo. Me percate de cuanto me dolía. No alcanzaba a ver más allá de los barrotes, todo estaba en total oscuridad. De la nada sonó una puerta a mi derecha y unos pasos que parecían acercarse. Tome los barrotes con mi mano. Apareció alguien.

-Ayuda por favor. –le dije inocentemente. Mientras sacaba mi mano. Enseguida los pasos se alejaron y se escuchó como se cerraba la puerta. Pasaron unos minutos y comenzó a sonar un sonido que me destrozo el tímpano, me hizo retorcerme y gritar. Parecía como si perforara en mi cerebro. Sonó por mucho tiempo, yo solo intente taparme los oídos. Pero eso no detuvo en lo más mínimo a ese sonido infernal. Me pareció una eternidad, hasta que el ruido paro.

No me había dado cuenta de que mi columna había permanecido curveada todo ese tiempo, me dolía el cuello y las extremidades. Me sentía cansada y tenía demasiada sed. Tanta sed.

CAPITULO VIII

Esmeralda

Cuando llegamos a esa casa enorme en medio de la nada, me sentí un poco abrumado. Parecía demasiado lujosa y tal vez lo era. Fishman era solo un pequeño poblado a las afueras de Monhcheeart.

- ¿Esta es tu casa? –le pregunte bajando de la moto. Se quitó el casco y sus cabellos chinos salieron desperdigados, le llegaba hasta la cintura. Tenía unos ojos verdes color aceituna.

-Increíble, ¿no? –me dijo alzando la ceja, mientras me pasaba el casco. – Puedes dejar la moto aquí. –la vi mientras caminaba hacia el porche. Me quede sentado en la moto y voltee hacia la carretera. Un flashazo, Min. Estaba arrepintiéndome, debía irme. Apreté el manubrio de la moto. No. Min estaba con Meech, tal vez solo huyo con él. Me baje de la moto y me afloje la chamarra.

-Creí que jamás bajarías de la moto –me dijo Esmeralda mientras me tomaba del cuello y me besaba. Era algo intrigante. –Entremos. –me dijo cuándo me tomo de la mano y quedé sorprendido, tuve la tentación de retirar la mano, pero algo en su calor corporal me lo impidió. Sentía algo por aquella chica que acababa de conocer hace algunas horas, pero estaba seguro de que era algo más bien hormonal.

- ¿Quieres conocer la casa? –se quedó pensando, como si no hubiera terminado la frase, se giró y movió su cabello, dejando al descubierto una parte de su espalada baja, se me hizo inevitable verla.

-Como quieras…-no me dejo terminar y dijo.

- ¿O solo mi habitación? –en ese mismo instante me quede paralizado, no por miedo, si no de impresión.

-Con lo que te sientas más cómoda. –le dije tratando de ser caballeroso. Pero no pude evitar decirle. –pero la realidad nena es que es el lugar que más ansió conocer. –me penetro con su mirada, tan densa, tan intrigante, tan problemática.

-Al carajo la casa, cara bonita. –me dijo y se abalanzó sobre mí, me beso y le correspondí, me quito la playera y yo le desabroche la suya. Aparte su pelo y le bese el cuello, ella emitió un sonido bastante excitante, la tome de las piernas y las subí a mi cadera. La pegue contra la pared y le quite la blusa, seguido de eso el *brassier*. Cuando estuvo medio desnuda, paro.

- ¿En la habitación? –me dijo con la voz entrecortada. Solo alcance a articular un pequeño sí. Me tomo del cinturón y me jalo, dos puertas después entramos a una habitación enorme, tenía un viejo tocador de madera y unas puertas corredizas, que parecían ser el armario, al adentrarte en la habitación se volvió moderna, una cama enorme y una lámpara que parecía ser de oro.

- ¿Todo esto es tuyo? –no pude contenerme.

* * *

-Imposible de creer. ¿No? – me dijo. –es de mis padres, pero no creo que quieras que te cuente la historia de mi vida. –me quito el cinturón y la atraje hacia mí. La realidad es que no quería saber de su vida personal. Pero tenía curiosidad. Cualquiera la hubiera tenido. Fue hacia su armario y me entrego una pequeña bolsita. Un condón. Me quito el pantalón y yo resbale su falda por sus largas piernas. Era una chica morena en su mayoría, hermosa.

Me coloque el condón y ella me tiro sobre la cama. Me beso y cuando se alzó vi a Min, por un momento creí verla. Como podía pensar en Minerva en un momento como este. Me concentre en los ojos aceituna de Esmeralda, la tome de la cintura y la atraje contra mí.

Esmeralda era fascinante. Pero los pocos ratos que platicamos, se me hizo una chica tan divertida, tan intrigante. Tuvimos sexo bastante intenso y continuo por 3 días. Nunca había disfrutado de esa manera estar con alguien tanto tiempo. Esmeralda y yo teníamos mucha química. Pero todo el tiempo volvía a Min. Me tenía inquieto. Pero Esmeralda disipaba mis temores, me platicaba cosas, algunas de su familia, otras de ella, de las personas que veía en la cafetería.

- ¿Y teniendo una casa así porque decides trabajar? –le pregunte siendo sincero.

-No lo sé, me siento útil. Creo. –me dijo mientras se apartaba de mi regazo y se le caía la sabana dejando ver sus pechos. –creo que me gustas Jess. –me dijo viendo hacia un cuadro enfrente de la cama, un cuadro bastante triste de verdad, un pequeño barco arrumbado a la orilla de una playa desierta, la vela desgarrada y la madera con hongo. Sus palabras retumbaron en mi cabeza. Ella me gustaba a mí, pero no estaba seguro.

-Te gusto… -le dije, pero me interrumpió.

-Sí, me gustas y es enserio. –me miro muy seria.

-Para… tener algo ¿serio? –le pregunte.

-Eso creo Jess, pero no quiero espantarte. Nos conocimos hace tres días, yo comprendería si tu… -se quedó pensando. La realidad era que la quería. Me gustaba y teníamos una gran química. Pero sentía que tenía que solucionar lo que sentía por Min, saber si se había ido con Meech, necesitaba saber que ella estaba bien, necesitaba saber que no dejaría que le pasara algo malo solo porque yo decidiera quedarme con Esmeralda. Y le hable con sinceridad.

-Me gustas, si para algo serio. Tal vez. Solo que tengo un asunto. -le dije lo más serio que pude. -no sé qué tipo de asunto es la verdad. Pero necesito saber algo. Algo que tal vez tú me puedas aclarar. Tal vez tú viste algo. -abrió los ojos como platos y se tiro en la cama.

- ¿Es otra chica? – me dijo decepcionada.

-Sí. -le dije.

- ¿Minerva? –me pregunto y me sorprendí. Tanto que me coloque encima de ella para verla a los ojos.

- ¿La conoces? –le dije y no pude evitar verme entusiasmado.

-Dices su nombre… dormido. –me dijo sin querer verme a los ojos. – ¿Qué quieres que te diga?, si es que se algo. –me sentí avergonzado. Pero tenía que averiguarlo.

-Antes de que yo llegara a la cafetería. ¿Viste algún coche negro con una raya blanca? Iban unos chicos. – se quedó pensando.

-Sí, los vi. ¿Ella era tu novia? – me quede pensando.

- ¿Cómo era? – insistí.

-Alta, delgada, cabello corto, blanca, ojos azules…-la interrumpí.

-No, no era ella. Y no es mi novia. –le dije.

-Recuerdo que esos dos se veían muy nerviosos y peleaban por algo. El golpeaba la cajuela cada vez que ella decía que no. –me quede pensando. Algo no me daba buena espina.

- ¿La cajuela? –pregunte indagando.

-Sí, peleaban por algo que había en el maletero. ¿Por qué? –me quede quieto solo un momento. Y la ansiedad se apodero de mí. Ni siquiera estaba seguro de mis suposiciones.

-Ellos se llaman Meech y Natalia. Los vi subirse a ese coche el día que ella desapareció. –le dije algo nervioso.

-No creerás que ellos… la raptaron ¿o sí? –me dijo apartándome, salió de la cama y se vistió.

-No lo sé. Debo irme. –le dije decidido.

-Claro, por supuesto que tienes que irte. Pero prométeme algo ¿sí? –me dijo dándome la espalda.

- ¿Qué? –le dije.

-Vuelve. Vuelve por mí.

-Volveré. –me termine de poner los vaqueros y tome mi chamarra de cuero y deje a la chica de cabellos chinos y tez morena en el porche de su casa. Fuerte, intrigante y adictiva. Volvería con ella. Regresaría, porque ella era el tipo de chica con la que debía estar.

CAPITULO IX

El encierro

–¿**M**amá? Eres tú, por favor un vaso con agua, por favor. Dile a Marcus que se baje de mi cama. ¿Papá? – no veía en la penumbra en la que me encontraba, deliraba por la falta de agua y comida. –¡Por favor! – al gritar sabía mi castigo. El chillido intenso que salía del techo de aquel cuarto. El Sr. Blanco se esforzó por hacerlo mi infierno personal. Cada dos veces al día bajaba alguien. Y me ponía un vaso con agua y un pedazo de pan justo a dos centímetros más lejos de lo que alcanzaba mi mano fuera de aquella jaula. Mis delirios y desmayos eran comunes. Pero cuando pasaba, él no me dejaba morir. Me ponía una aguja en la mano con alguna solución que entraba a mi torrente sanguíneo y no me dejaba morir. Después de estar así dos semanas seguidas. Deseaba con cada gota de mí ser acabar con aquello. Terminar con todo lo que había pasado todo este medio año, tal vez ocho meses. Tan indefensa y tan sola. Me quité esa pequeña aguja y me recosté en el frío suelo de mi celda. Me dormí.

Al despertar sentí el frio recorrerme por las piernas, me intenté levantar y no pude, estaba en una plancha de metal amarrada, desnuda y con la pequeña aguja en mi mano. No podía moverme. Y el frio se calaba entre mis huesos. Baje de peso más rápido de lo que había imaginado. Grite de coraje, patalee, quería soltarme. Pero no lo logre. Un minuto después un sonido nuevo, mucho peor que el anterior. Me provoco un desmayo inmediato.

Cuando regrese en mí, me encontraba en mi celda. Pero había algo nuevo, un plato y un vaso con agua. Dentro de la celda. Cerca de mí. Tan cerca que me dio pavor querer tocarlo. Me acerqué como un animal herido a la posible comida y abrí la fina tapa de metal que se encontraba sobre el plato, eran panqueques. Olían tan bien como lucían. Me emocione y me atragante con ellos y el agua. Pero creo que fue demasiado rápido, ya que minutos después lo vomite todo. Por la constante tortura, ya no hablaba. Mis delirios estaban dentro de mi cabeza. En uno de ellos vi a Jess, que me tomaba de la mano y me sacaba de ahí. Pero se desvanecía y se convertía en Meech, llore y grite. El ruido cayó en mis oídos como un relámpago y me rompió en dos.

Deseaba ver a mi madre, a mi hermano. Deseaba ver a mi familia. Llore.

-Mamá, no me dejes. Mamá, lo siento. Mamá… por favor. –me pegaba a los barrotes y les susurraba. – sácame de aquí. – seguido de un decidido. –mátalos, mátalos a todos.

Me tuvo abajo más de un mes. Antes de "liberarme" me visito.

- ¿Papá? –le dije plagada de ilusiones.

-Minerva. –dijo y comenzó a reírse a carcajadas.

- ¿Qué? – dije muy confundida. No sabía que estaba pasando. Estaba agotada.

-Minerva, Minerva, Minerva. Eres una chica muy especial, ¿lo sabes? Pero la verdad creo que muy testaruda.

Cuando recuperé la conciencia, vi al Sr. Blanco en cuclillas enfrente de los barrotes de la jaula, mi ira acumulada gasto todas mis fuerzas en abalanzarme a los barrotes. No alcance ni a rozarlo, se quitó antes de que yo pudiera hacer algo. Quería matarlo. Pero estaba agotada.

- ¿Entonces aun no lo entiendes? aquí no puedes ganar. Este es mi mundo Minerva. Y cuando entiendas eso podrás salir de aquí… mientras tanto… -se agacho otra vez, yo estaba tirada en el suelo justo del otro lado de la jaula, tenía tanto frío, tanto miedo. –puedes seguir sufriendo. –me dijo y grite llena de miedo.

- ¡No por favor! ¡No! Déjeme salir se lo ruego... Por favor –mi voz se desvaneció en lo que veía sus zapatos negros tan elegantes alejarse. Estaba muy asustada. Y unos segundos después como era de esperarse el sonido comenzó. Tan alto, tan penetrante. Dolía. Estaba tan cansada. Solo me hundí en el frio suelo de la habitación. Tanto frío.

Perdí el sentido del tiempo, me pareció una eternidad.

Un día mientras trataba de tomar la poca agua que escurría de la humedad de la pared, deje de estar en penumbra. El enorme foco que colgaba de aquella habitación por fin se encendió. Me deslumbro tanto que me dolieron los ojos. No podía abrirlos por el repentino exceso de luz. Pasó un rato y en mis delirios sentía que esa luz blanca tan fría me calentaba. Por fin pude abrir los ojos y acercarme a los barrotes. La habitación tenía otras dos jaulas, el piso de concreto, algo parecido a un generador de luz y un espejo enorme en un lado. Alcance a ver también unas pequeñas plantas en macetas junto al generador. Y una única puerta. Era de metal, gris, bastante alta. Me dio un escalofrió. Y de un instante a otro estaba aterrada. Meech entro por aquella puerta. Me aparte como un cachorro asustado y pase al otro lado de mi pequeña jaula alejándome de donde él pudiera acercarse a mí. Se agacho, y me miró fijamente. De un instante a otro se levantó y pateo la jaula enfrente de la mía y grito. Se acercó a aquella puerta y la dejo un instante abierta. Lo suficiente para que viera que había un pequeño espacio entre la puerta y el elevador donde me había traído. Escuche algo como otra puerta y luego él regreso. Traía una bolsa como de papel. Me vio entre los barrotes, tenía los ojos rojos y me pude percatar que tenía un moretón en el mentón y en parte de la mejilla.

-No puedo hacer nada más. –me dijo, hasta su voz sonaba rasgada.

Metió su brazo y dejo la bolsa enfrente de mí. Y antes de irse me dijo.

-No te atragantes, despacio. Si no, no servirá de nada. –fue lo último que dijo y se fue.

Me acerque muy lentamente a la bolsa, antes de tomarla me asome entre los barrotes. Y voltee a todos lados. Vi hacia el espejo y sentí una mirada. Fue algo extraño. Me sacudí. Y me senté lo más lejos de la bolsa que pude. ¿Qué trata? ¿Se supone que me está ayudando? ¿Cuál es el truco?

Posiblemente no había ningún truco y solo era un pequeño signo de bondad en ese infierno. Pero ahora estaba tan insegura de lo que quería hacer y lo que tenía que hacer. Me aventure con la poca confianza que ya me quedaba y tome la bolsa, la abrí, lo saque era pan, era un sándwich. Y una botella de agua. Los saque y los olí. No creí que esa sencilla acción algún día me satisficiera tanto. Deje el sándwich aparte y tome la botella de agua. La abrí y tomé un pequeño sorbo. Me dio un escalofrío, se sentía tan helada atravesando mi garganta. Después coloqué un poco en mi mano y la puse en mi cara. Eso me revivió un poco.

Después lentamente me comí el sándwich tan despacio como mi hambre me lo permitió, daba una mordida y un pequeño sorbo al agua. Cuando acabé, me recosté en el suelo, cuanta felicidad puede dar algo que se me hacía tan cotidiano.

La luz titilaba de vez en cuando, estuve esperando alguna reprimenda la mayor parte del tiempo. Después de comer me sentía un poco menos muerta. Estaba esperando. Pero ni siquiera tenía idea de que esperar. ¿Acaso algún sonido infernal? ¿Algún tipo de maltrato físico?

El Sr. Blanco había jugado ya tanto con mi voluntad y con mi mente que solo me imaginaba castigos menos crueles que aquel en el que me encontraba. Cerraba los ojos y me imaginaba lo verde del pasto y el azul del cielo. Aquella luz fría que colgaba del techo no era nada parecido a la luz del sol, el calor abrasador que a veces este tenía, imaginaba la brisa de primavera, el olor de una flor, los cosquilleos de la arena en la playa, el aroma de un jabón, un baño tibio y largo, el calor de un ser humano, los abrazos de mamá, los gritos de Marcus en el corredor. Fue inevitable que las lágrimas llegaran a mis ojos. Estaba tan triste y tan sola. Me sentía tan débil e impotente. Como siempre desde que llegue a aquella casa. Me había hecho diferente. Ahora yo era diferente. Me pegue a los barrotes negros, estaban fríos. Llore pegando mi frente a ellos. Llore descontroladamente por todo lo que había perdido. Por no haberme dado cuenta de que tuve siempre lo que quise y tal vez no supe aprovecharlo.

Pasaron las horas y solo veía como se balanceaba el enorme foco que colgaba del techo. ¿Qué esperaba de mi ahora el Señor Blanco? ¿Qué suplicara aún más? ¿Qué sufriera simplemente? Mis dudas solo crecían más. Y a ratos perdía la conciencia, sentía como si la parte racional de mí se desvaneciera y quedara aquella Min salvaje que le gritaba a las paredes cosas sin sentido. Aunque el pequeño almuerzo, si es que eso era, que Meech había traído para mí me había ayudado bastante mi mente ya estaba bastante dañada.

Por fin después de horas el foco se apagó. Espere que ocurriera algo, más con miedo que con esperanza. Pero nada paso. Dormí.

Me despertó la luz blanca que otra vez estaba prendida. ¿Qué significaba aquel cambio que ahora se daba en mi celda?

Me recosté sobre el frío concreto y me abracé de las piernas, ahora era más fácil para mi enrollarme como un bebé por mi cuerpo que ahora era esquelético y parecía que se había encogido. Mi pelo enmarañado y sucio era lo único que me mantenía caliente ya estaba largo y me llegaba por debajo de los hombros, mi terrible atuendo lleno de manchas por todos lados.

Se abrió la puerta, levante la cara desde donde me hallaba apoyada, el Sr. Blanco se acercó a la celda, cuando se agacho me dio un escalofrío y me pegue a la pared. Tenía mucho miedo.

-Minerva – me dijo como esperando algo – contéstame. – dijo

enseguida.

- ¿Si? – titube.

-Eso, así está bien. Pronto aprenderás a seguir órdenes y nos iremos entendiendo y te prometo que, si no desobedeces, jamás volverás a ver este sitio en tu vida. – me dijo en tono muy amable, casi compasivo.

-Sí, está bien, sí. – no pude decir nada más. Solo quería salir. Me sentía desesperada. Tan débil.

-Así me gusta. Ahora te sacare. – me dijo y se levantó. Salió un momento y regreso con unas llaves. – Voy a abrir muy lento la celda Minerva y si intentas algo no va a salir bien. – me dijo con una mirada inquisitiva.

Observe como abría la puerta de barrotes lentamente. No me moví ni un centímetro. Cuando la observe toda abierta, a gatas me arrastre por el suelo hasta la salida. Cuando estuve afuera no pude levantarme. El Sr. Blanco me tomo por un brazo. Me estremecí no podía soportar que me tocara. Pero no pude hacer nada. Empecé a llorar, me coloco una manta encima y me alzo en sus brazos. Y se detuvo en la puerta.

-Minerva. Te daré la satisfacción de observar esto. – me bajo y me tomo de la cadera para que no cayera. Hablo por un radio que traía colgado en los pantalones. – tráiganlo.

Segundos después entraron dos hombres muy altos, que traían a otro cargando. Se detuvieron en la puerta y pude ver que era Meech, no lo había reconocido por los múltiples golpes que tenía en la cara.

-El cambiara contigo Minerva. ¿Sabes por qué? Desobedeció. Así de sencillo. – me dijo sonriéndole a Meech.

-Pero, ¿qué hizo? – le dije con el poco aliento que tenía.

-Esa pequeña bolsa de papel que te trajo Minerva. Te la dio. Cuando debió ponerla lejos de tu celda no dentro. – dijo mientras le tomaba la cara a Meech. El gimió del dolor que le ocasiono la presión en sus cachetes heridos.

-Métanlo. – Meech gimió y se retorció. Pero uno de los hombres le propino un golpe en las costillas que lo dejo sin aire. Cuando estuvieron a punto de meterlo en mi celda el Sr. Blanco intervino. – pero que están haciendo – sonrió – esa celda es de Minerva, como la van a invadir. Pónganlo en la de enfrente. – me estremecí con su comentario y él lo noto y acerco mi oído a su boca – escuchaste bien, esa es tuya.

Lo único que pude hacer fue llorar. Los hombres dejaron a Meech en la celda adolorido. Y se fueron.

-Que tengas lindo día *Rick,* presiento que tendrás compañía muy pronto. – le dijo el Sr. Blanco. Burlándose. ¿Se refería a mí? Antes de que saliéramos Meech grito.

-Perdóname Minerva – lo voltee a ver y estaba pegado a los barrotes. Solo lo mire. No pude hacer ningún otro gesto. Solo mirarle.

El Sr. Blanco me alzo por segunda vez y pasamos por el pequeño espacio entre la puerta y el elevador. Entramos a este y el Sr. Blanco me coloco un pañuelo en la boca y me desmaye.

CAPITULO X

¿Persecución?

Llevaba dos semanas siguiendo el rastro de Meech y Natalia por la carretera. Pero nunca dejaban de moverse. Llevaba ya una semana sin asearme y la barba ya me estaba creciendo. ¿Cuándo se detendrían? ¿A dónde se dirigían? Iban hacia el sur. Pero no había nada para allá, nada importante al menos, muchos pueblos.

Hacia frio. Tuve que parar en una tienda de suvenires para comprar un abrigo y otras botas. La moto me tenía entumido. Pero era mi único transporte. Estuve muy tentado a dejarla en algún sitio y rentar un coche. Igualmente, no lo hice.

Cada dos días llamaba a la madre de Minerva, que preocupada no hacía más que hacer llamadas y exigir a la policía armar más rápido el caso. Llevaba ya casi un mes desaparecida. Y yo con los pocos indicios que encontraba y con mi corazonada simplemente seguía avanzando. La inquietud que crecía dentro era sofocante. Cada día que pasaba pensaba en que algo malo le podía haber ocurrido. Cada día pensaba lo peor y después me convencía de que solo era mi ansiedad y que ella solo había escapado de la vida aburrida de Moncheeart. Pero la cabeza me daba vueltas y me contradecía pensando en que Min no era de ese tipo de personas, no le molestaba su vida en Moncheeart y no dejaría a su madre sin un aviso.

Estaba confundido y cansado. Llevaba ya más de un mes siguiéndolos, no había podido dormir bien y las manos se me estaban agrietando por el frío del sur de Irlanda.

Pare en un pequeño pueblo, muerto del cansancio de dos días andar en moto sin parar, excepto por los tiempos de comida. Dalkey, decía en la entrada. Un pueblo bastante bonito y estilizado. Tuve una sensación extraña al entrar a ese lugar. Parecía como si ya hubiera estado ahí. Estaba muy cansado. Mis parpados me pesaban. Vi una pequeña posada como a 100 metros de donde me encontraba. Me aproxime rodando la moto. Cuando llegue al porche había una mecedora justo al lado de la puerta. Me acerque y una pequeña anciana salió del interior de la posada. Era ciega. Pero con todo y eso me miro con sus ojos blancos como la leche y me saludo.

-Buenas noches. – dijo con su voz bastante chillona pero bastante dulce.

-Buenas noches señora... - antes de que pudiera terminar mi frase me interrumpido.

- ¿Buscas donde quedarte? – mi primer impulso fue decir que si con la cabeza y cuando caí en la cuenta de que la señora era ciega se lo dije. -Eres bienvenido. – me dijo con un tono muy amable. Me quedaba poco dinero así que tuve que ser sincero.

-Señora... vera... no sé si tenga el dinero para pagarle la noche. – la señora, que ya se dirigía hacia la casa, se giró – te dije que eres bienvenido. No te eh pedido dinero jovencito. Ven acompáñame dentro. Sé cómo puedes pagarme. – me quede sorprendido y avergonzado junto a mi moto. – deja la moto en la parte de atrás.

Termino de decir y mi asombro fue mayor. ¿Cómo sabía que traía una moto? Cuando yo llegue a su puerta la moto estaba apagada.

-Sí, gracias. – fue lo único que pude articular.

Rodee la casa y atrás había un pequeño techo, perfecto para una moto. Deje la moto y la señora salió por una puerta que se encontraba en la parte posterior de la casa.

-Ven entra por aquí. – me dijo. De algún modo desconfié de esa anciana. Pero me dije a mi mismo que solo era eso, una anciana.

Cuando entre no pude evitar preguntarle.

- ¿Cómo sabe que traigo una moto? – se acercó a mí y me tomo de los hombros, con sus dedos que se sentían tan delgados.

-El olor – me dijo sonriendo.

- ¿El olor? – le pregunte.

-Sí, las motos tienen un olor muy peculiar. Al igual que tú, apestas. – no pude evitar avergonzarme.

-Lo siento… no me eh bañado en una semana. -le dije alejándome de ella.

-Pues sube. Y báñate. – eso me sonó más a una orden que una sugerencia. Pero moría por un poco de agua caliente.

-Muchas gracias.

Subí las escaleras. No me fue muy difícil hallar el baño. Solo había tres habitaciones arriba. La habitación, algo que parecía una bodega y el baño. Muy grandes los tres, a decir verdad. Entre al baño y me desvestí. Me mire en el espejo. Me veía demacrado. El baño tenía una tina. Abrí el agua caliente. En seguida el baño se llenó de vapor. Mientras esto ocurría, me rasure. Voltee a verme, otra vez era el mismo de siempre.

Seguido de esto me metí en la bañera. Tal vez de los mejores baños que me eh dado.

Cuando baje, la casa tenía ahora un olor muy peculiar, como a azafrán. La señora hacia algo en una olla.

-Muchas gracias por dejarme bañar. – me quede pensando un momento.

-No hay de qué. ¿quieres cenar? – me pregunto.

- ¿Por qué es tan amable? – se me hizo algo raro.

- ¿Por qué no ser amable? Si tengo la oportunidad. La vida es como un boomerang jovencito. – me dijo poniendo su dedo en alto.

-Jess. – le dije.

- ¿Te llamas Jess? – me pregunto.

-Sí, señora. -le dije

-Qué extraña coincidencia. Yo soy Devany. – me dijo emocionada.

- ¿Coincidencia? – le pregunte.

-Sí, hace unos días. Se hospedaron conmigo tres jóvenes. – estaba pensativa. – Una de las niñas estaba inconsciente me parece, dijeron que se había desmayado. No supe su nombre. Pero cuando fui a su cuarto a dejar las toallas, ella susurro el nombre de dos personas y justamente el tuyo. Lo recuerdo bien. Por qué se quedaron tres días aquí. Y esa fue la única vez que la escuche hablar. – termino y mi corazón se aceleraba.

- ¿Sabe el nombre de los otros? – le dije nervioso.

-Sí, me parece que Rick y Sira. ¿Los conoces? – estaba confundido y decepcionado.

-No, busco a tres chicos. Pero no son ellos. – estaba cansado.

- ¿Cómo se llaman? Pasan muchas personas por aquí. Tal vez te pueda ayudar. – me dijo tendiendo su mano justo a mi hombro.

-Meech, Natalia y … Minerva. – le dije mientras veía atraves de sus pestañas como se movían sus blancos ojos.

- ¡Bingo! – grito Devany. – Así llamaban a la segunda chica, la desmayada. Son ellos. – me dijo emocionada. Como si hubiera descubierto un tesoro. Y en mi renacieron las fuerzas.

- ¿Por qué le dieron otros nombres? – le pregunte.

-Tal vez saben que los sigues. – me dijo tornando seria la conversación.

✱ ✱ ✱

Después de mi corta visita en Dalkey, donde Devany me confirmo que mi rumbo era correcto. Recorrí la autopista por más de 3 meses. Parando de pueblo en pueblo. Mi pequeña excursión había tenido un percance por falta de dinero, cuando informe a la señora Blend que regresaría a Moncheeart, se soltó a llorar y me dijo que necesitaba saber dónde estaba su hija. Ella financiaba mi viaje ahora.

Pero también tenía mis momentos de debilidad. Pensaba en que a ella solo la había conocido íntimamente solo un mes. Cada día terminaba tan cansado y decepcionado, que me rendía a ratos.

Después de esos tres largos meses. Vi el auto. Nunca antes lo había visto. Desde que salimos de Moncheeart, que ahora me parecía estar tan lejos. Me aproxime. Estaban detenidos, delante de una cafetería. Pero adentro no los vi. Detuve la moto enfrente. Me baje y entre. Me senté en uno de los gabinetes junto a la ventana, para observar el auto. Vino un mesero y me ofreció café. Lo acepte y me quede esperando, a ver si aparecían.

Dos horas después llego caminando Meech, muy apresurado. Se metió al coche y lo encendió. Y muy despacio avanzo hacia el centro del pueblo.

Salí enseguida. Me subí a la moto y lo seguí. Paro enfrente de un hotel. Y después se metió al estacionamiento del mismo. Después de que él se metió, deje la moto afuera y entre al hotel.

En la recepción estaba una señorita.

-Buenas tardes, ¿tiene reservación? – me pregunto. Estaba pensando, aquella señorita no me daría ninguna información si no la convencía. Vi el gafete que traía en su uniforme, se llamaba Jesica. Conveniente.

- ¿Jesica no? – le dije. Se veía joven. Tal vez me llevaba uno o dos años de diferencia.

- Así es señor. – me dijo coqueta.

-Dime Jess – le extendí la mano. La tomo y se empezó a reír.
- ¿De qué te ríes? – le dije sonriéndole.

-Me llamo Jesica y tú te llamas Jess. Es una coincidencia. Y jamás conocí a un chico con el nombre de Jess. – lo había logrado.

-Que increíble coincidencia. Yo nunca había conocido una chica con el nombre de Jesica… bueno, no una tan bella. – le dije mientras le besaba la mano y ella se sonrojaba.

- ¿Qué se te ofrece Jess? – me pregunto por segunda vez.

-Busco a alguien. – le dije guiñándole un ojo.

- ¿Se hospeda aquí? – me pregunto mientras abría la computadora. Y se detuvo. - ¿Es una chica? – dijo algo molesta.

- Jesica, es mi hermano. – le sonreí.

-Disculpa. Me coqueteas y creo que ya eres mío. – se sonrojo.

-Podría ser tuyo… por un rato – mi antiguo yo se apodero de mi cuerpo. Y después me sentí como un estúpido.

-Podemos encontrar a tu hermano primero y luego podría ser tuya… por un rato, claro. – me dijo mientras tecleaba. Solo sonreí. - ¿Cómo se llama?

-Amm… Rick. – supuse que Meech había usado ese nombre otra vez.

-Rick, Rick, Rick – dijo en lo que buscaba. – Si está aquí. Con dos chicas. Todo un don juan como su hermano. Está en la habitación 206 – me dijo.

-Oh, si así es él. – no supe que más decir. - ¿Sabes si se encuentra ahora en su habitación?

-Sí, ahí se encuentra. O al menos eso me parece. No ha registrado fecha de salida. – me dijo viendo el registro.

- ¿No dijo cuánto tiempo se quedará? – le pregunte.

Y dudo de mi por un segundo.

-Es tu hermano… - me dijo viéndome a los ojos.

-Disculpa, es que le tengo una sorpresa. Va a ser su cumpleaños mañana. Solo quiero asegurar que este aquí para que le dé la sorpresa yo mismo. – le dije. – además si supiera la fecha, podría quedarme. Un día o dos. – la tome de la mano. Se volvió a sonrojar y sonrió.

-Claro tal vez está por aquí. – me dijo volteando a la computadora. Me había salvado. – si aquí está, discúlpame. Se va dentro de dos días. Pero la puso como fecha tentativa.

- ¿Fecha tentativa? – me confundí.

-Sí, menciona aquí que posiblemente alargue la estancia en el hotel. – me dijo riendo.

-Claro. Gracias Jesica. – le bese la mano. – ahora, dame un cuarto. – le dije seguro.

- ¿Te quedaras aquí entonces? – estaba sonriendo.

-Sí, sería bueno que me pudieras dar la 207 o la 205 o tal vez alguna de ese pasillo. Para estar cerca de él. – le dije haciendo una mueca.

-Están reservadas. Pero … - se mordió el labio. Y desde ese momento no le pude quitar los ojos de encima. – puedo hacer una excepción, si solo te quedaras un día…

-Solo será un día y sería un grande favor para mí.

-Está bien Jess, pero que quede entre nosotros. Te asignare la 210 que está en ese pasillo.

Me hizo la reservación por un día y le pague.

- ¿Y a qué hora sales? – no pude evitar preguntarle.

- Ya salí. – me dijo. Soltando la coleta que traía. – Vamos a tu cuarto. – solo asentí y me jalo hacia el elevador.

Llegamos al cuarto y pase una cálida noche entre los brazos de Jesica. Tal vez a unas cuantas habitaciones de Min. No sé por qué me sentía atado a ella. Solo era así.

En la mañana, desperté y Jesica seguía en mi cama. Me levanté y me vestí. Salí del cuarto. Me dirigí a la habitación 206. Quería acabar con eso lo antes posible.

-Servicio a cuartos. – grite mientras tocaba la puerta. Antes de que pudiera darme cuenta alguien me golpeo por atrás. Y caí al suelo.

Cuando desperté estaba en una habitación del hotel. Y estaba atado a una silla. Intente soltarme.

-No luches Jess. – apareció Meech frente a mí.

-Meech. – le dije. - ¿Dónde está Min? – le pregunte.

-Esta… indispuesta. – me dijo dando una carcajada. – Yo lo que quiero Jess, es que me digas ¿Por qué nos sigues?

- ¿Dónde está Min? – le volví a preguntar. No confiaba en él. Y estaba enojado.

- Indispuesta. Jess. ¿No hablas español? – me miro como si estuviera desafiándome.

- Meech. ¿Dónde está? ¿Qué le has hecho? ¿A dónde te diriges? – estaba desesperándome.

-Min… Min es mi … compañera. Pero… tal vez más a la fuerza que por gusto. – me dijo con largas pausas. Y mi interior se llenaba de furia.

-Bastardo. – le dije. – te matare. – se comenzó a reír. Burlándose.

-Veamos quien mata a quien. – se acercó a mí y enterró su puño en la boca de mi estómago. Me quede sin aire.

Empecé desesperadamente a jalar las sogas que rodeaban la silla.

-Solo por entretenerme y tener algo más que hacer que tener sexo con las chicas, te soltare. – dijo eso en lo que pasaba un cuchillo por mis pies y cuando por fin soltó mis manos. Me abalance contra él.

Lo golpee en la cara y seguido lleve su cuerpo hacia mi rodilla. Donde impacto con su estómago. Cayo al suelo. Y se empezó a reír. Estaba muy desesperado, muy enojado. Pero igual muy cansado. Lo comencé a patear en el estómago. Hasta que levanto las manos.

- ¿Quieres rescatarla? – escupió al suelo. – no lo lograras, nadie puede, no sabes en lo que te estas metiendo Jess, te estoy salvando – dijo entre riendo y llorando. Fue un momento extraño. En mi confusión aprovecho y se paró. Arrebato contra mí. Me tiro al suelo y me golpeo la cara. Después de unos cuantos puñetazos que no pude evitar, empecé a ver borroso. Intente meter las manos, pero estaba encima de mí. No podía moverme. Despistarme había sido un buen truco. Sentí como me comenzó a escurrir sangre por la nariz. Y luego por toda la cara. Me sentía débil. Se levantó.

-Déjalo por la paz Jess. Deja de seguirnos. – me dijo. Y antes de que se fuera me pateo en las costillas hasta que se cansó. – Buen intento. – me dijo antes de salir.

Cuando se fue. Sentí como todo mi cuerpo ardía como un fuego intenso que se extendía desde mi interior.

Me arrastre hacia la pared. Me había vencido. Me sentía furioso. Lo peor de todo es que mis sospechas eran ciertas.

Esto no terminaba aún.

CAPITULO XI

Terrores Nocturnos

Desperté gritando. Muy agitada. Pero ahora no estaba en mi celda. Pero tampoco me encontraba en mi habitación. Estaba en algo muy parecido a un hospital. La cabeza me daba vueltas. De un momento a otro tuve muchas nauseas. Me hice de lado y saqué la cabeza por la orilla de la cama, no vomite nada, solo saliva.
Estaba muy cansada.

Me recosté sobre esa cama blanca. En esa habitación de paredes blancas, que, aunque pareciera extraño me traía un aire de tranquilidad.

* * *

Ahora, que volvía a mi "realidad", o al menos en eso se había convertido, no podía dormir. No descansaba al menos. Los días se volvieron pesados. Las primeras dos semanas estuve medicada. Cuando el Sr. Blanco decidió que estaba lista retiro las medicinas. Pero recaí. Odiaba al Sr. Blanco, pero le tenía pavor. Un miedo que creí que jamás sentiría por alguien.

Pero en mi mente que ahora era tan frágil, la primera cosa que me mantuvo despierta fue la imagen de Meech, quedándose en mi lugar. ¿Ahora le tenía compasión? ¿Pero por qué me ayudaría? El me trajo a este infierno.

Las peores partes era cuando me iba a dormir. Mis sueños, más bien pesadillas, eran caóticos, figuras de alguien persiguiéndome o una inmensa obscuridad que me arrastraba a su interior, cuando lograban atraparme me golpeaban, pero no moría. No podía morir. Solo sentía el dolor de todo mi cuerpo multiplicado por cien. El miedo se extendía por mis venas. Me sentía atrapada. Despertaba gritando, sudando. Los sueños que antes me recordaban a mi padre habían sido remplazados por esos terrores nocturnos.

✳ ✳ ✳

Me levante un día, justo en la mesa al lado de mi cama, estaba el desayuno. Tenía un olor a carne. Tal vez café. Fui al baño. Me lave la cara y me cambie la ropa. Cuando regrese abrí la tapa que cubría el plato. Lo solté enseguida y cayó al suelo. Salió de él un olor a podrido, ha muerto. En el plato había unos ojos. Y sangre utilizada como salsa gravy, me agarre mi abdomen y me tape la boca y la nariz. Pero eso no evito que vomitara en la alfombra. Regrese al baño. Cuando abrí la llave del lavabo no salió nada al instante, pero después salió algo con una coloración carmesí que se volvió más espesa e hizo un sonido desagradable al salir de la llave. Estaba aterrada. Quería salir. Salí de ahí y fui a la puerta de la habitación, no abría. Jale el cerrojo y lo gire varias veces. Solo me senté en el suelo y me tome de las rodillas, grite y llore. No pude controlarme.

De repente desperté en la obscuridad y el Sr. Blanco estaba a mi lado.

- ¿Minerva? ¿Estás bien? – me dijo. Parecía preocupado en verdad.

- Yo... estaba... el lavabo... los ojos... - comencé a llorar

Me tomo de los hombros y me puso en su regazo. Sentí un escalofrió. Quise retirarme, pero me apretó contra él, lo dejé y seguí llorando. Al fin de cuentas ¿A quién más tenía?

CAPITULO XII

La revelación

Me levante y me coloque a la orilla de mi cama. Que ahora tenía un cobertor color café. Mi pared ahora tenía un cuadro, "París de noche". Daba miedo, pero a la vez me tranquilizaba. Cada vez ese cuarto, se iba volviendo más mío. Cada día con cada detalle, era más íntimo. Pero en las noches parecía devorarme, recordándome que jamás iba a ser mi casa.

Ya habían pasado dos meses desde que estuve en aquella prisión.

En la mañana mi vida era pasajera, casi tranquila, pero en la noche era tormentoso. Lloraba, me colocaba en un rincón del cuarto y eso era lo único que hacía. Pero ahora estaba decidida a cambiar. Me iría de ahí. Solo necesitaba ganar por completo la confianza del Sr. Blanco otra vez. Y al primer intento lo haría.

Desde que subí, no había visto a Meech. Me daba lastima, pero después me sentía bien con que se encontrara encerrado. Como un animal. Y después cuando recuerdo eso, solo me siento mal, yo había estado así, en esa misma situación. ¿Por qué se arriesgaría así por mí? Esa interrogante estuvo mucho tiempo escarbando en mi cabeza. Era confuso, quería odiarlo. Pero me sentía agradecida por qué me había sacado de ahí con su rebeldía. Y me había dicho que lo sentía, justo antes de salir de ese cuarto, tan frio. ¿Acaso Meech, le temía al Sr. Blanco? Tal vez por eso obedecía. Pero él me había violado. No solo secuestrado.

Mientras pensaba comencé a apretar los puños. Lo odiaba, de verdad que sí. Pero ahora estaba dudosa de muchas cosas.

* * *

Mientras me recuperaba, <<que esta vez me costó mucho más trabajo>> el Sr. Blanco y yo teníamos sesiones, como entrevistas. Yo le contaba de mi vida.

-Bien, es interesante. – me dijo mientras veía la libreta en la que anotaba.

- ¿Qué es interesante? – le dije tomándome de las manos.

-Que se ponga tan nerviosa, aun contándome por tres semanas sus vivencias, aun se sonroja. – me molestaba que hiciera ese tipo de comentarios, no era como si yo quisiera contarle de verdad mi vida a ese hombre. Pero ahora prefería no contestarle de manera que se pudiera enojar. Debo aceptar que me aterraba.

-Umm... - fue lo único que se me ocurrió decir.

-Sabe que... sé que la va a animar. Y espero que me ayude más, que se abra conmigo. Necesito más información. Tiene que co-operar – me dijo, viéndome con su sonrisa blanca. – es algo que ya le quería regalar. La verdad quería esperar una ocasión más especial. Pero creo que este es el momento perfecto. – se alejó de su escritorio y abrió algo parecido a una caja fuerte. Saco una caja de ahí. Me la dio, llevaba un moño azul plateado más grande que la caja.

- ¿Por qué me da un regalo? – le dije consternada.

-Minerva. – me vio con una cara recriminadora. – me gusta dar regalos. Y creo que se ha portado bien estos días y la verdad este regalo tal vez facilite mi trabajo. – me dijo dándose la vuelta para cerrar aquella caja, antes pude ver adentro, solo un instante. Había otra caja, era transparente ya que dejaba ver archivos. Muchos papeles. Nunca me había puesto a pensar que en verdad no conocía nada del Sr. Blanco. Ni si quiera su nombre. Se encendió la chispa de mi curiosidad. Quería saber que escondía ahí dentro. Cuando se volvió me veía impaciente.

- ¿Lo abrirá? – se me había olvidado aquella caja que se encontraba en mis piernas, por el simple hecho de poder conocer los obscuros secretos que guardaba el Sr. Blanco en aquella caja fuerte.

Dije que si con la cabeza y empecé a romper el envoltorio que rodeaba la caja de cartón. Cuando logre quitar el papel, era una caja sin ninguna marca ni nada. Cuando la abrí, y metí mi mano saqué algo rectangular, pesado.

Una computadora.

- ¿Una laptop? – le dije, viéndolo.

-Así es, una laptop. Puede escribir en ella. Buscar cosas en internet. Etcétera. ¿No le agrada? ¿Preferiría una libreta? o tal vez ¿Un teléfono? - me veía expectante, como si me quisiera complacer y que todo fuera perfecto. Me quede como tonta, este nuevo cambio de actitud me asustaba. ¿Qué pretendía?

-No, es perfecto. Está bien. Y... el internet ¿de... donde lo saco? – le dije dudando.

-Te daré la clave. – me dijo.

-Muchas gracias. – le dije.

-Pero antes de que te dé la clave. Cuéntame algo... ¿Estuviste enamorada? – me dijo juntando sus manos. Parecía feliz.

En seguida pensé en Jess, pero no sé si eso se pudiera considerar enamoramiento. Igualmente, no le diría nada.

-No... - le dije dudando un poco. Me levante de mi asiento. Mientras el me miraba como si no me creyera. - ¿Puedo irme? – le dije.

-Sí, Minerva. – me dijo tomándose de la cara. Me había librado. Abrí la puerta de su oficina y estaba dispuesta a salir, pero una pregunta que salió de su boca me helo y me puso los pelos de punta.

- ¿Quién es Jess Klein, Minerva?

CAPITULO XIII

¿Motivación u orgullo?

Estaba en aquel cuarto respirando con esfuerzo. Sentía como algo helado se escurría por mi costado, no me había dado cuenta de que Meech había enterrado su cuchillo en la parte baja izquierda de mi abdomen. Supongo que no lo había notado por la adrenalina. Estaba furioso, conmigo. ¿Cómo pudo haberme vencido?

Pasaba de estar cansado y furioso a preocupado, culpable talvez. Esa noche del *shink* debí estar alerta, cuidarla y tal vez nada de esto hubiera pasado. No debí ponerme tan borracho. Por dios. Hasta me acosté con su mejor amiga.

No podía quedarme ahí, debía de ayudarla. Me intenté levantar y me costó más trabajo del que pensé. Cuando pude ponerme de rodillas. La puerta se abrió. No me moví.

Era Esmeralda.

- ¿Esmeralda?

-Jess – dijo asustada y se acercó a mí. – ¿Qué te acaba de ocurrir? – estaba gritando.

-Cálmate. Por favor.

-Debemos llevarte a un hospital – me dijo cuando ya me ayudaba a levantarme, ¿Qué hacía aquí?

-No puedo perder más tiempo. – le dije lo más serio posible.

- ¿La encontraste? – me pregunto.

-La secuestraron eso es lo que se. Lo que acabo de averiguar. Pero… no te ofendas. ¿Qué haces aquí? – desvió la mirada y se alejó de mí.

- Sentí… que debía venir contigo. Sentí que tenía que estar contigo y te seguí. Creo que tal vez, solo fui eso. Una noche, pero me pareció más que eso Jess. – no quería ni verme. Estaba avergonzada. Tres meses llevaba siguiéndome. Lo único que logre hacer fue acercarme y la bese. No me explicaba lo que había entre Esmeralda y yo. Pero había algo más.

* * *

-No, no fue solo eso. – le dije.

Me recupere. Y Esmeralda me acompaño en el resto del viaje. Fue muy útil tener otra mente con quien charlar y pensar. Algunas veces ella se desanimaba, pensaba que me llevaba a los brazos de Min. No sé si tenía razón. Algunas veces solo deseaba ver a Min, su piel, su cabello, muchas noches al lado de Esmeralda me parecieron muy solitarias. Quería querer a Esmeralda. Pero Min me tenía… podría decir que traumado. Porque ni siquiera tuvimos una gran historia, solo que… mi corazón me decía que ella era la indicada.

Viajamos por dos meses. La señora Blend, me había pedido que regresara, después de saber que a Minerva la habían secuestrado. Estaba desolada. Perdió las esperanzas. Y me rogo por que volviera, no quería ser responsable de que a mí me pasara algo. Dejo de mandar dinero. Esmeralda y yo decidimos parar en distintos pueblos. Buscando trabajo. Pistas. Algo que nos llevara a Minerva. Fue muy lento el proceso. Pasamos a veces algunos días sin comer. Esmeralda me pidió que paráramos. Que buscáramos un trabajo y ahorráramos dinero. Seguiríamos buscando después.

Nos llevó tres meses más. Juntar algo de dinero y encontrar una pista.

Me encontraba trabajando en un restaurante. Y escuche una rara conversación.

-...Si el chico dice que la sacaron del auto y casi la azotan contra el piso.

- ¿No hizo nada?

- ¿Acaso no sabes que aquel señor es dueño de casi toda la villa? Nadie se mete con él. Ni los policías. Nadie.

- ¿Quién será la chica?

-No lo sé. El único que supongo sabe es aquel chico. Pero está muerto de miedo. Cree que si dice algo lo van a matar.

- Pobre chica. Está perdida.

Mis sentidos me dijeron que hablaban de Min. Pero quería escuchar un poco más antes de abalanzarme. Pero justo cuando me acerque un poco más ellos se levantaron. Me giré y fui hacia ellos.

-Disculpe... ¿Quién vive en la villa? – dije tratando de no sonar muy interesado. Voltearon hacia mí y se vieron por un instante.

- ¿Le llevaras el almuerzo chico? – me dijo mofándose de mí.

-Tengo un pedido suyo. Pero eh olvidado escribir el nombre. – dije tratando de sonar normal.

-No creí que ese riquillo comiera en lugares como este. – me dijo volteando a ver a todos lados.

-No, me parece que no. Pero le encantan las rosquillas. – le dije emocionado. Estaba empezando a ponerme nervioso.

-Se llama Aeron O' Brien. No te recomiendo que pases mucho tiempo ahí chico.

-Gracias señor. Discúlpeme. El incidente del que hablaban... la chica. ¿Cuándo fue? – se me quedaron viendo un largo rato.

-Hace como dos meses, chico. No te quieras hacer el héroe, porque si lo intentas encontraras lo que buscas. – fue lo último que me dijo y se alejaron.

Las horas pasaban y yo seguía trabajando. No paraba de pensar en Minerva. Ya tenía mucho tiempo que no pensaba en ella. Fue un sentimiento extraño como de vacío.

Mientras veía el reloj avanzar y de vez en cuando veía a Esmeralda. Contoneando sus caderas de vez en vez para encantar a los clientes. Era una chica bastante bonita. ¿Debería decirle? Decirle que estamos tan cerca como siempre quisimos... como siempre quise de encontrar a Minerva. O solo ir. Buscarla yo, por mi cuenta. Y después ¿Qué haría? ¿rescatarla? Los dos viejos dijeron que ni los policías se meten con ese tipo. Aeron O' Brien, era el tipo que vivía en la villa y posiblemente tenga a Min.

- ¿En qué piensas guapo? – estaba Esmeralda viéndome a los ojos. Me puse nervioso.

-Creo que... tengo una pista. – tenía que decírselo.

-De... ¿La chica? – me dijo, los ojos se le veían cansados, con ojeras.

-Sí, escuche a unos tipos hablar de la villa, a unos kilómetros de aquí.

- ¿Y estas seguro que se trata de ella?

-Algo me dice que sí.

-Eso quiere decir que no estás seguro. Escuche que el tipo que vive ahí es peligroso. No hagas algo estúpido solo por tus suposiciones, por favor. Hay que averiguar bien.

-Aeron O'Brien – dije sin pensar.

- ¿Que?

-Así se llama. Posiblemente él la tiene ahí. Tal vez la viola, tal vez la tortura o la mato. – se me quebró la voz. – tengo que saberlo. ¿Querrías que te salvara si fueras tú?

-Claro que sí. No quiero imaginar lo que está viviendo. Pero ¿cómo la salvaras? Solo eres tú.

-Eso lo sé.

-Me preocupas. No hagas algo estúpido ¿sí? – me quede callado. – prométemelo Jess.

-Si.

-Avísame cualquier cosa. Hay que planear bien esto.

-De acuerdo. – me beso y se alejó. No me quede tranquilo.

En toda la noche no pegue un ojo. A pesar de tener la compañía de Esmeralda todo se sentía frio. Me sentía inquieto. Me sentía enojado. La tuve tan cerca hace unos meses. Pero Meech había ganado. Deseaba venganza. Deseaba tener a Min en mis brazos. Deseaba verla una vez más. Vi a Esmeralda que me miraba, con esos ojos aceituna llenos de dudas. La bese y ella se puso encima de mí. No pensé más en Min.

Al siguiente día, fuimos a trabajar. Seguía pensando, la cabeza me iba a explotar. Pensé en algo terriblemente estúpido. Tome una caja de rosquillas y las pague en la caja. Salí de ahí. Avise que iba a entregar un pedido. Esmeralda salió corriendo tras de mí.

- ¿Qué haces?

-Voy a entregar un pedido. – le dije sonriendo.

-Jess, no me mientas. – me dijo muy seria. Me acerque a ella y la tome de las caderas. La bese.

-No miento. Te quiero Esmeralda. – se le iluminaron los ojos y me beso otra vez. Se despidió de mí. Feliz. No sé por qué había dicho eso.

Tomé la motocicleta y me dirigí hacia la villa. Tarde un poco más de quince minutos en llegar ahí. Era un terreno enorme. Con cipreses por toda la barda que rodeaba la casa. Llegue al atrio, era una reja bastante alta de color negro. Imponente. Justo a un lado había un interfón. Me arme de valor y presione ese pequeño botón color plata. Eche un vistazo a través de la reja. La casa estaba alejada. Primero había unos jardines con unos arbustos en forma de animales. Unas escalinatas que llevaban hasta la entrada de la casa.

-¿Quién es? – me contestaron a través del interfón.

-Soy un repartidor de parte de Bewley's Café. Traigo un pedido especial para el señor... Aeron O' Brien.

Espere unos segundos. Seguido de esto la reja se abrió.

-Pase. Con la motocicleta si gusta.

Me subí a la moto. Conduje muy despacio. Era un espacio enorme. Pero con una sola entrada. Parecía una prisión. Salir de ahí sería muy complicado. Las paredes estaban llenas de enredaderas y los enormes cipreses. Llegue a las escalinatas. Un hombre de traje me esperaba ahí.

-Venga conmigo señor. – dijo avanzando. Baje de la moto, saque las rosquillas del compartimento de atrás.

Avancé, parecían infinitas. Cuando llegue a la punta. Voltee al otro lado. Se veía casi toda la ciudad. Por eso era tan alto. Y tan caro y hermoso. Casas de ricos. Antes de entrar me pare de golpe. Ese tipo de entrada ya la había visto. Con pilares blancos enormes, una puerta gruesa de caoba. La casa era enorme y blanca. Fue muy familiar para mí. Pero al instante no lo recordé con certeza. Me quede pensando.

-Hermosa entrada ¿no cree? – me dijo otro hombre, moreno y alto.

-Sí, discúlpeme. Me habían dicho que este lugar era magnifico.

-Lo es chico. ¿A qué has venido?

-Me mandaron especialmente a entregarle este pedido al Sr. O' Brien. – Le dije enderezándome.

- ¿Solo a él?

-Así es señor. ¿puedo verlo? Simplemente se lo dejare y le daré un recado. Después me iré.

-Claro, claro que puedes muchacho. Pero ¿Por qué no te quedas a comer? Pareces agradable. Y el señor O'Brien, está algo abrumado y no quiere hablar de negocios ni recados en este momento.

-Señor… creo que es algo inapropiado. – le dije poniéndome muy nervioso.

-No te preocupes Aeron y yo somos casi como uno mismo.

- ¿Es usted su hermano?

-Podría decirse. – me dijo sonriéndome con su dentadura perfecta. - ¿Cómo te llamas chico?

-Soy Jess Klein señor. – me agradaba aquel señor. Pero mi intención nunca fue quedarme ni hacerme su "amigo"

-Bien.

- ¿Podría decirme su nombre señor?

-Por ahora dejémoslo en Señor. ¿te parece?

-Claro, sí señor. Disculpe. – dije algo apenado. Estaba muy nervioso. Solo quería encontrar a Min. Saber si al menos se trataba de ella.

-No te preocupes cachorro. – ese comentario me puso incómodo y un poco molesto.

Me invito a pasar a su elegante comedor. La escalera al segundo piso estaba justo a un lado, una alfombra bastante lujosa se hallaba debajo de la mesa. Nos sentamos a comer, nos atendieron muy pronto. Parecía como si me hubiera estado esperando me platico un poco de aquella ciudad y como habían llegado a tener ese lugar.

-Veras Jess, no tengo muchas visitas normalmente. No somos

muy sociables y el anonimato es lo mejor que nos puede pasar. Yo era un hombre pobre, muy pobre. Pero un individuo me dio una salida. Era un hombre visionario Jess, fue mi inspiración. Trabajamos juntos muchos años. Éramos un gran equipo, pero mi amigo cambio radicalmente el rumbo de nuestra empresa, cuando yo quería continuar, cuando estábamos tan cerca del éxito. Él era una pieza clave Jess y no quería cooperar conmigo. Yo solo quería salvarlo, de él mismo. Pero nunca lo vio así. Él se casó y me abandono. Tuvo una hija. Y yo seguía tratando de componer todo lo que él había desecho, por todo lo que habíamos trabajado. Pero el programa seguía aferrado a su mente...

Se detuvo por un momento y me quede atónito. ¿Por qué me decía todo esto? Estaba sudando. Me miró fijamente. Parecía furioso.

- ¿Sabes por qué nunca tengo visitas Jess?

- ¿Señor? – le dije frotándome las manos.

-Sí. ¿Sabes por qué no llegan repartidores a mi puerta o visitas Jess?

-Me parece que no... señor. – estaba nervioso. Esmeralda tenía razón debí esperar. Averiguar.

-Es porque toda la maldita ciudad sabe que no me agradan. No me gustan las visitas Jess, toda la maldita ciudad lo sabe. – dijo casi gritando. Sentía como mi corazón se salía de mi pecho y mi respiración era incontrolable. – Y no solo porque no me gusten cachorro, sino porque todos los habitantes tienen prohibido acercarse a mi propiedad. Está implícito. Nadie lo comenta y no hay ningún aviso. Pero lo saben, cada alma de esta estúpida ciudad. Así que aquí tenemos de dos, cachorro, o eres un nuevo muy estúpido o alguien te mando aquí a morir. ¿Cuál de los dos eres cachorro? – me dijo apretando los puños y levantándose de la silla. – se me ocurre otra, cachorro. Tal vez si sabes a que viniste. ¿Qué buscas cachorro? No creo que sea mirar la vista. – me dijo ansioso.

-Señor… - estaba en shock. Era mi fin. Debí ser más listo.

-Vamos cachorro. Me caes bastante bien. Pero la realidad es… que no deberías estar aquí. – todo se armó en mi mente.

-Usted… es… - dije temblando. El señor era bastante imponente.

-Sí, cachorro. Sí. Aeron O'Brien. Esa es otra pregunta, ¿cómo supiste mi nombre?

-Señor yo… solo venía a entregar las rosquillas. – me arme de valor para contestar. Se echó a reír y se sentó otra vez.

- ¿Quieres decir que alguien te mando a morir cachorro? – estaba riendo a carcajadas. – que buen susto te acabo de meter. Pero igualmente no te puedes ir ya. Tienes cara de ser un chico saludable y en buena forma. Puedes serme útil.

- ¿Disculpé? – le dije muy nervioso.

-Si no aceptas el trabajo cachorro, tendré que matarte. Ya no puedo dejarte ir así. Sabes demasiado.

Se levantó de la silla y se fue por un pasillo. Me quede sentado. Con el corazón latiendo acelerado. Cuando regreso traía una pistola. Me tomo del cuello y me la puso en la sien. Solo me quede quieto.

-Cachorro, se quién eres y que buscas. Te presentare a alguien que quizás conozcas. – chiflo. Y de un momento a otro Meech se paró justo enfrente mío. Al otro lado de la mesa.

-Jess, te dije que lo dejaras así.

-Desgraciado, hijo de puta. – le dije retorciéndome.

- ¿Quieres morir cachorro? – solo pude mover la cabeza en negación. Era obvio que Meech le informaría todo a este bastardo. Ahora estaba enfadado. Fui un estúpido. Actué sin pensar y ahora estaba en un gran lio. – bien si no quieres morir, tendrás que trabajar con *Rick.*

-Nunca trabajare con ese bastardo. – le dije escupiendo. Me oprimió más el cuello y me acerco la pistola a la boca. Me retorcí, pero la metió.

-A ver cachorro, no me interesa que lo odies. Si no quieres morir. Trabajaras para mí. Y punto. Y que te quede claro cachorro, desobedeces, mueres, contestas mal, mueres, se hace mal un trabajo, mueres. Si respiras junto a mí con tono agresivo, mueres. ¿Queda claro cachorro? Mueve la cabeza. – solo la moví en modo afirmativo. – muy bien cachorro.

De un momento a otro me soltó. Y después sentí un golpe y caí al suelo.

CAPITULO XIV

Pasajero.

-Minerva, sigo esperando. – me dijo con una voz oscura.

- ¿Quién? – le dije nerviosa.

-Jess Klein. Minerva, no mientas. – me dijo tomándome del hombro. Eso me impresiono y me sobresalte. Pensaba que él seguía en su silla.

-Era un amigo mío. – le dije casi al borde de caer al suelo. ¿Por qué me preguntaba por Jess?

- ¿Solo fue tu amigo Minerva? – me dijo poniéndose frente a mí.

-Si. – conteste casi sin aliento.

-Qué mal. Supongo que entonces no sirve.

- ¿Qué? – le dije viéndolo a los ojos.

-No me das todo lo que necesito Minerva, estamos tardando mucho. No quieres contarme todos los aspectos de tu vida y eso es necesario. Lo necesito. Lo deseo. Y si necesito obligarte y hacerte sufrir eso hare. – me dijo mientras me agarraba del brazo. – no quiero hacer esto Minerva. En verdad. – me dijo mientras se acercaba a mi cuello. Me beso. Su tacto fue una punzada en mi interior. respiro en mi cuello deseoso– no quiero Minerva. Pero parece que el dolor te afloja la lengua. El sufrimiento te hace pensar. Te hace ser sincera. – me dijo mientras tomaba de mis caderas. Me quede quieta. – eres hermosa. Pero no creas que lo disfrutare. – cerró la puerta de un golpe y me quito la ropa de encima. Me empujo contra su escritorio y quede ahí. En ropa interior. Viendo como el Sr. Blanco se desvestía. Comencé a llorar. Me vio con desagrado. Se acercó a mí y metió su corbata en mi boca. Se bajó los pantalones. Me tomo de los brazos y me quito el *brassier*. Tenía mucho miedo, estaba aterrada. Pero no hice más que llorar. Me tomo de los pechos y los beso con una fuerza que me dolió. No lo estaba disfrutando. Me apretó contra él me bajo mi braga. Se bajó sus calzoncillos y me subió a su cadera. Me coloco encima del escritorio y abrió mis piernas. Se acercó a mí, se acomodó y me jalo las piernas contra él. Emití un gemido. Eso me había dolido. Me jalo unas cuantas veces más, cada vez más fuerte y más agresivo. Grite del dolor y llore. Me quito la corbata de la boca.

-¿Quién es Jess Klein? – me dijo jadeando.

-Por favor... - solo alcance a articular mientras lloraba. Casi no podía hablar. Me jalo una vez más de la cadera y una y otra vez de una manera muy brusca. El gimió de placer y yo grite de dolor.

-¿Quién es Jess Klein? – gritó. Yo estaba llorando. - ¿Lo amas? ¿Cómo es? – cada pregunta que no contestaba llevaba al mismo castigo. Después de eso me apretó el pezón con todas sus fuerzas. Grité y me retorcí desesperada.

- ¡Estoy enamorada de él! – grite por fin. Estaba confundida y lloraba. Después de tanto tiempo en él único que pensaba era en Jess.

- ¿Y cómo es el Minerva? – me dijo acariciándome las piernas. Me jalo otra vez y se introdujo en mí. Arquee mi espalda en respuesta.

- ¡Es alto, ojos azul-verdoso y pelo negro! – dije llorando y gritando.

Salió de mí y me dejo ahí. Me hice un ovillo y me quedé encima del escritorio. Él se vistió y tiro mi ropa a mi lado.

-Vístete. Acabamos. – me dijo y salió.

Me quede helada. En el escritorio. Llorando. Estaba tan sola. las lágrimas escurrieron a través de mi cara hacia mi pecho y solo llore. Me sentía derrotada. Encerrada ahí sin salida. Con ese monstruo. ¿Cómo había terminado en tales condiciones? ¿Por qué me preguntaría de repente por Jess?

Tenía mucho frio. Y de un momento a otro me imagine abajo, en ese frio sótano. En la jaula. Me dio un escalofrió y abrí los ojos. Estaba en el escritorio. Violada. Abusada. Por un hombre que prometió jamás hacerlo. Toda esa tortura psicológica había tomado efecto. Me sentía débil y mi desnudez me hizo notar que estaba abierta a que me leyeran como las páginas de un libro. Tome mi camisa y me la coloque con gran esfuerzo sobre mi débil cuerpo. No me moleste en ponerme el *brassier*. Me coloqué mis bragas y luego los pantalones y me senté en el suelo. Me tome de las rodillas y llore. Estaba prisionera. Sin saber del mundo exterior. Tal vez mi madre se había dado por vencida, tal vez creía que yo habría muerto. No la vería otra vez. ¿nunca? A mi hermano. Tal vez ya tenía el pelo largo y rebelde. ¿Nunca lo volvería a ver? Me sentía deprimida. Pero después de tanto tiempo de estar encerrada e impotente, me decidí. Me iría de ahí costara lo que costara. Jamás lo había intentado antes por el simple hecho de que el Sr. Blanco me tenía tan asustada y traumada que no había cruzado si quiera por mi mente.

* * *

Desperté en mi cama. Tenía un horrible dolor de cabeza vi hacia la pequeña ventana de mi cuarto. Entraba un rayo de luz que caía directo en la cabecera de la cama. Estire el brazo hasta ese pequeño rayo de luz. El calor que irradiaba me dio seguridad, me sentí cómoda. Respire hondo, mis pulmones se llenaron de aire. Me relaje y me senté en la cama, poniendo mi pequeña almohada en mis piernas, al ver hacia el frente me espante.

-Buenos días señorita Blend.

Era el señor Blanco, parado enfrente mi cama.

-La abrió.

-Decidí hacerlo. Lamento lo de la otra noche. Era necesario.

- ¿Qué? ¿Qué me violara era necesario entonces? – me reí. – ya veo.

-Minerva.

-No, no se atreva. Lo hizo y lo hecho, hecho esta.

-Claro.

-Váyase.

-Por supuesto. Te veré abajo. Recuerda que tienes que cumplir Minerva. No quiero herirte más.

-Largo.

-Como desees.

* * *

La idea Minerva… que te concentres.

Números y contraseñas. Números y contraseñas. Si. Si. ¿Cuánto más?

¿Mas? Pero que es lo que quieres Min, ¿deseas huir?

¿Morir?

Desperté. Sudando en la cama. Tan blanca. Tan blanco todo lo que me rodeaba.

-Por fin. Despertaste.

- ¿Le han dicho que esta máquina es algo infernal?

-Minerva, Minerva. Algún día lo entenderás.

- ¿Pero…qué es lo que quiere de mí?

-Quiero tu memoria.

- ¿Mi memoria?

-Si. Necesito algo que hay en ella.

-Lo único que hay en mi memoria es mi pueblo. Moncheeart.

-Minerva, no es lo único que has vivido. Qué triste debe ser.

- ¿Qué cosa?

-No saber ni siquiera quien eres.

-Por eso sigo aquí. – maldito bastardo.

-No tendré que decirte nada. La máquina lo hará todo.

- ¿Y qué es esto?

-Las respuestas.

CAPITULO XV

Cachorro.

Estaba tan enojado. Levantando cajas. Voy por el café. Le limpio los zapatos. Esmeralda cree que conseguí un trabajo mejor. Pero se queja, ya que me tengo que quedar en la mansión todo el tiempo. Cuando me manda por su café es cuando puedo verla, abrazarla y sentir su olor. Nos damos placer de vez en cuando en cualquier sitio que se presentara la ocasión. A veces solo me preguntaba ¿si no hubiera seguido a Min después de conocer a Esmeralda? Pero después pienso, no hubiera conocido a Esmeralda si no hubiera perseguido a Min. Me reprochaba a mí mismo. Tal vez con Esmeralda yo podría ser feliz, pero seguía aferrado a Min. A que podía salvarla.

No imagino cuando O'Brien quiera que le lama el trasero. Me prohibía subir a la parte de arriba de la enorme mansión, tampoco podía entrar a su despacho. Era extraño. Me vigilaban día y noche.

No había podido husmear un poco. No había podido buscar a Min.

* * *

Me sentía tan estúpido, tan cerca y tan lejos. Sabía que el desgraciado de Meech la había secuestrado y ahora tenía que obedecer a las órdenes de ese idiota y verle la cara todos los días. Me sentía tan impotente.

Normalmente Meech, se encargaba de pasar las ordenes de O'Brien a mí pero de vez en cuando él mismo me mandaba.

Un día que Meech me dejo en paz por un momento, pude dar una vuelta por la mansión, el color blanco de sus paredes era resplandeciente y me cegaba. Las escalinatas parecían ser de mármol puro. Digno de la misma mansión.

Llegue al portón. Esas rejas negras enormes. Tan imponentes con sus picos en la cima. Por fuera vi el interfón por el que entré a este sitio de mierda. Volteé hacia arriba, vi un reflejo, una luz. Me acerque más a la entrada y bien escondida entre las ramas del enorme ciprés que se encontraba justo al lado del interfón, una cámara. Bastante bien escondida.

Fue la primera vez que me fije. Había cámaras por todos lados. Había una justo arriba de mí. Parecía como si me estuviera vigilando alguien detrás de aquel aparato. Posiblemente si había alguien, vigilando cada paso que daba fisgoneando. Me aleje un poco y note como la pequeña cámara hizo un giro en mi dirección.

Quien me estuviera vigilando, fuera O'Brien o Meech, querían que lo supiera. No podía escapar. Siempre vigilaban. Y siempre había la opción. La cámara misma con su forma inanimada me lo decía. Intenta escapar y muere en el intento.

No solo era una mansión. Era una fortaleza. Una prisión. Entrabas, pero nunca saldrías.

Min y yo estábamos en aprietos. Yo solo esperaba que estuviera bien y que no sufriera. ¿Pero quien me lo aseguraba? tal vez todo eso no valía la pena. ¿Y si estaba muerta? Deje de pensar en eso.

La tensión y mi preocupación solo causaban que no durmiera en la noche. Volteándome en mi pequeño catre, de un lado a otro. Y eso solo ocasionaba que no estuviera alerta en el día. Llevaba ya casi dos semanas ahí. Y no me había cruzado por la mente buscar a Min en la mansión.

Empecé a planear.

Plan a una semana. Escanearía bien cada rincón de ese maldito lugar. Siempre hay una falla. Algún punto muerto de alguna cámara. Alguna opción, hacer aliados. Los demás hombres parecen tan negados a estar aquí como yo. Pero tenía muchos fieles. Era algo extremadamente peligroso, si me descubren… podría simplemente darme un tiro en medio de su hermosa sala de estar y a nadie le importaría. Me imagine la película del padrino. Y una sonrisa salió de mi boca.

Para poder dormir solo me imagine él intenso mar que significaba para mi Esmeralda. Sus ojos aceituna y la curva de sus mejillas, sus carnosos labios. Sus piernas envueltas en mí y su cabello con olor a hierbabuena. Su tez morena mezclada con la mía. Estaba cerrando los ojos. Y me pregunte ¿estaré enamorado de ella?

La noche fue larga.

Al día siguiente solo desperté decidido. Saldría de aquí y saldría Min conmigo. Salí del pequeño cuarto, normalmente Meech esperaba justo afuera hasta que saliera. Esta vez no había nadie. Fue extraño, pero una buena oportunidad.

Dividí la mansión en tres secciones. Las alas este y oeste, y la enorme parte central.

Yo me encontraba en el ala este. Cheque el pasillo. Tres cámaras en solo un pasillo. Pero un pequeño punto donde la cámara se trababa y no alcanzaba a llegar a su máximo. Tenía ahí un espacio. Tal vez para guardar algún arma, que aún tenía que conseguir.

Baje las escaleras y justo en el último escalón estaba Aeron O'Brien.

-Cachorro. – me dijo con una voz algo sospechosa. Solo alce las cejas en respuesta. – ¿Has dejado de recorrer el edificio? Espero encontraras algo de utilidad. – solo pude alzar los brazos en respuesta. Estaba algo nervioso. Y se me ocurrió romper el hielo con la pregunta más estúpida.

-¿Por qué le dicen "el sabueso"? – solo me observo. No se inmuto si quiera. Parecía como si estuviera pensando.

-¿Qué hacen los sabuesos cachorro?

-Buscar… ¿presas? – dije tartamudeando.

-Buscar. Esa es la respuesta.

- ¿Y usted que busca? – le dije sin pensar.

-Solo la verdad.

- ¿La verdad?

-Cachorro, cachorro… deberías de aprender a cuándo cerrar la boca.

Solo me quede callado ante eso. Seguido alguien me golpeo por la espalda. En la nuca y caí.

✳ ✳ ✳

Había días en los que me preguntaba por qué la había seguido. Por qué meterme en tantos problemas por quien apenas conozco. ¿Pero quién más la ayudaría? Ni siquiera su madre me contestaba el teléfono ya, había perdido tanto la esperanza que ni el teléfono quería levantar para oírme hablar de mis locas teorías. Pero esta vez yo tenía razón. Y su madre no estaba enterada. Así que el único que podía ayudarla era yo.

Ya estoy tan mezclado en este problema como Min. Había días en los que solo pensaba en ella.

Desperté en una sala vacía. Estaba en el suelo. Con un dolor de cabeza horrible.

-Estas aquí buscando a Minerva.

Me sobresalto la voz de Aeron que provenía de la oscuridad. Pero solo me quede callado. ¿Cómo se supone que se enteró?

-Yo solo quiero saber ¿Por qué?

Seguí inmóvil en el suelo. Tan nervioso que no podía moverme.

-Espero que me contestes, porque su vida depende de ello.

- ¿Su? – me atreví por fin a preguntar.

-Sí, la vida de Minerva.

-Así que si la tienes aquí. – le dije levantándome.

-Así que si vienes a buscarla. Interesante.

- ¿Qué quiere de ella? – le dije.

- ¿Qué quieres tú de ella? -me dijo dudoso. Y su pregunta me sorprendió.

-Vengo a… vengo a…

-¿Rescatarla? – Al ver mi mirada soltó una carcajada. – como un príncipe valiente, que chistoso. – dijo.

Me avergonzó un poco su comentario.

-No me interesa, usted es el que la secuestro.

- ¿Tienes pruebas? – su pregunta me dejo helado.

-Lo acaba de aceptar.

-Eso no es una prueba cachorro. Sé más inteligente. Yo me pregunto. Si tienes a Esmeralda contigo para que querer a Minerva.

- ¿Conoce a Esmeralda? – no pude evitar preguntar.

-Más de lo que crees. – eso solo me llevo de furia.

- ¿A qué se refiere? – le dije ya estando de pie por completo.

-Solo te diré que la conozco más de lo que ella me conoce a mí.

Ella es mi hija.

-¿Qué? Pudo decirme. – lo último lo dije más para mí que para él.

-Bueno ella no me conoce. Y sé que no se enterara por ti.

- ¿Cómo puede estar tan seguro de eso? – le dije como retándolo.

-Por qué no volverás a salir de aquí, jamás. – me enfadé y me salí de mis casillas, corrí hacia Aeron y de la nada salió Meech, con alguien cargando. Me pare en seco, era Min y Aeron le apuntaba con un arma a su cabeza. – por esta razón jamás saldrás. Porque si lo haces la matare.

-No lo harías. La necesitas. – contuve mi voz de desesperación y me salió más como de enojo. Y después seguramente se vio mi cara de preocupación. Min... se veía tan... demacrada. Tan mal-tratada. Sus brazos y piernas parecían huesos. Tenía moretones por todos lados, parecía drogada y su cabeza colgaba hacia un lado, tenía el pelo más corto y estaba hecho un lio. Su cara tan delgada. Esa imagen de Min, la hermosa chica, curiosa y son-riente de la que ... me enamore, estaba destruida ahí frente a mis ojos. Y eso me destruyó a mí. Me derrumbe. Caí de rodillas al suelo. Y apreté los puños. Comencé a llorar por mi impotencia.

- ¡Creí que ella te importaba! – le grité a Meech. - ¡Creí que al menos la querías un poco! – llore, llore y grite. – ¿Cómo pudiste Meech? ¡Obsérvala! – Meech solo se limitó a voltearse y fruncir el entrecejo. Que dolor me dio ver así a Min.

Solo me quede ahí. Viéndola. Desesperado. Queriendo tenerla en mis brazos. Decirle que todo saldría bien.

-Bien. Creo que serás de utilidad al fin de cuentas cachorro. Hablaremos de eso luego. Dispárale. – termino diciendo eso y dándole la pistola a Meech. Me levante enseguida. Meech tomo la pistola.

La levanto y sin dudarlo me disparo dos veces en la pierna iz-quierda. Caí al suelo gritando de dolor. Lo ultimo que escuche fue a Aeron decirle a Meech, <<lo quiero vivo>>

* * *

Me quede solo por unos minutos. Yo apretaba las heridas de mi pierna. Después de un rato Meech y dos tipos más se aparecieron. Rodaron unas granadas hacia mí. Salió humo de ellas. Intente arrastrarme fuera del humo. No respirar. Pero después de un rato las granadas llenaron la habitación de humo. Me tape la boca y nariz con la otra mano. Pero al final fue en vano, perdí el conocimiento.

Desperté. Sentía mucho frio. Dolor. Estaba acostado en una cama de metal. Con una bata de hospital. Intente levantarme, pero el dolor fue insoportable. La habitación era blanca con una sola luz colgando de su techo y había una sola puerta. Tan insípido todo. Después de un tiempo, los "enfermeras" entraron por la puerta con una camilla.

-Para que este mas cómodo. – me dijo una. Se acercó a mí. Deje que me ayudara a pasarme a la camilla. Tan caliente y cómoda.

-Por favor, ayúdeme. – dije sonando como un estúpido.

-Tengo prohibido hablar. – después de dejarme en la camilla salieron de la habitación y se escuchó como cerraban con llave.

Intente dormir. Pero solo veía la cara de Min, en mi cabeza, una y otra vez. Una y otra vez.

Tal vez si estaba enamorado de ella. Eso pensé cuando la vi.

CAPITULO XVI

Escape.

Me lave la cara, con mucho jabón y con mucha agua. Me dolía el cuerpo. Y me sentía más débil de lo normal. A diario practicaba en esa máquina con el Sr. Blanco. Diario. Me estaba acabando la vida. Pero hoy me sentía más cansada que en cualquier otro día. Aun que me sentía más revitalizada, mi peso aun no mejoraba. Seguía delgada. Muy delgada. Me daba miedo verme. A eso atribuí el sentirme tan cansada. Tal vez no estoy comiendo como debería. Pensé.

Olvide aquel asunto. Había explorado algunas opciones... salir de aquí iba a volverse un problema. Ya que por el único lugar (que yo había encontrado) que se podía salir era por la reja principal y por una puerta trasera de la que solo había escuchado hablar. Tenía de dos. Buscar dicha puerta o intentar fugarme por la principal. Mi opción más fácil era la reja. Había notado un cierto patrón. De cuando se abría y cerraba aquella reja negra. Cada dos días llegaban autos. Sin falla entre las tres y cinco de la tarde. Y mantenían abierta la puerta unos treinta minutos. Salir corriendo sí que no era una opción. Las múltiples cámaras de vigilancia por la entrada me lo impedirían. Pero podría escabullirme entre los viejos cipreses que se encontraban a las orillas. No sería fácil y la posibilidad de que fallara era alta. Pero tenía que arriesgarme. Si no jamás saldría de este lugar.

Algunos días me preguntaba si el Sr. Blanco tendría a alguien más en aquella enorme mansión. En las noches algunos días se escuchaba a alguien gritar en la lejanía. Eso perturbaba mi sueño. Pero también me recordaba que, si no lograba irme, el me volvería a torturar. Mi libertar dependía de mi éxito.

El día paso lentísimo. La sesión con el Sr. Blanco me pareció eterna. Todos los días pasaba más de una hora sentada. Soñando. Teniendo pesadillas mas bien. Y seguido de eso solo dolores de cabeza intensos. No sé si era yo, pero no les veía ningún sentido a esos ejercicios. No sé si el Sr. Blanco veía algo más de lo que yo alcanzaba a comprender. Pero cada sesión el terminaba emocionado. Yo solo me cansaba.

- ¿Estas cansada? – me dijo el Sr. Blanco sonriente.

-Por supuesto. Para darle un poco de sentido a mi cansancio le agradecería que me explicara… no entiendo para que estoy haciendo esto. ¿Esto como me va ayudar a saber quién soy, quien era mi padre?

-¿Acaso no lo entiendes? Tienes un cerebro extraordinario. Gracias a tu padre.

-Eso no contesta mi pregunta.

-Ya vendrán las respuestas. Solas. Tienes que seguir con esto. Hay que terminar para tener una conclusión. – dijo más serio.

-Está bien. Quiero recostarme. – le dije cortante. No me daba respuestas y eso era aún más desesperante. No sabía yo que ganaría el Sr. Blanco con esto. Y más me desesperaba colaborar y pasar horas con aquel sujeto repulsivo.

Me decía a mí misma. Minerva por dios, es un desgraciado y tu aquí ayudando.

* * *

Me pare del aparato y me dirigí a la salida.

Me desperté. Era de noche. El momento había llegado.

Me dispuse a explorar la mansión en lo más posible ahora que dormían todos. Así podría tener la suerte de encontrar la salida trasera.

Me levante. Me puse una playera y mis vaqueros. Me fui descalza.

Salí de la habitación, todo estaba muy oscuro. Pero el enorme ventanal en la estancia dejaba entrar un poco de luz de luna. Baje por las escaleras de caracol. El comedor que ya conocía de sobra. La puerta de la pequeña habitación vacía. La puerta del despacho del Sr. Blanco, estaba entre abierta, me sobresalte al ver que se abría. Abrí rápidamente la puerta de la habitación donde me había hecho golpear a Meech. Por el picaporte vi al Sr. Blanco pasar, parecía como un fantasma, llevaba su elegante traje blanco y tenía la cara pálida, al ser su cara morena, se veía horrible.

Lo vi desaparecer del otro lado del pasillo. Me dio un escalofrío que me recorrió toda la espalda. No quería imaginarme que cosas horribles me haría si me encontraba que fisgoneaba la mansión. Cerré los ojos, tratando en no pensar en todo por lo que ya me había hecho pasar. Me quede junto a la puerta como en cuclillas, con los ojos cerrados y abrazándome con mis brazos aun esqueléticos. Cuando pude superar mi terror, me pare lentamente. Tome el picaporte y lo gire lentamente, tratando de no hacer mucho ruido. Salí de la habitación. Me dirigí hacia la del Sr. Blanco. Entre al despacho y tuve que cerrar los ojos al ver el escritorio café. Iba a derrumbarme, llorar. Pero tuve que controlarme. No iba a tener esa oportunidad otra vez. Registre los cajones, todos estaban con llave. Había una puerta al final del despacho. Fui hacia allí. Estaba abierta. Del otro lado estaban unas escaleras. Muy inclinadas. No había luz. Me estremecí por la increíble oscuridad. Corrió un aire que venía desde abajo. Muy frio. Me recordó cuando estaba en la jaula. Me estremecí. Y me repetí que todo estaría bien.

Me coloque de espaldas para poder irme agarrando de los peldaños. Y fui bajando. Al llegar al final de la escalera, se encontraba un foco rojo que salía del suelo. Con una luz muy tenue. Pero le daba el toque exacto. Todo concordaba con ese tétrico lugar. Pensé para mí, aquí ha de matar personas. Trate de abrir la puerta. No tenía picaporte. La empuje, era muy pesada, pero conseguí moverla. Logre abrir un hueco. Del otro lado había mucha luz.

Cuando por fin entre, me sobresalte.

Había colchonetas en el suelo y muchas cajas. Pero del techo con muchas cuerdas estaba bien sujeta una chica. O eso parecía, el cabello le colgaba enfrente de su cara. Me acerque. Era una señora, como de treinta y cinco o cuarenta años. Traía un bozal negro. Parecía que dormía. Ahora entendía los gritos.

Escuche ruidos.

Alguien movía la enorme puerta. Me escondí detrás de una caja.

Entro el Sr. Blanco. Despertó a la señora, Adeline, la llamo. Se lo dijo tan dulce que me dio escalofríos. En un costado con una palanca las cuerdas se destensaron. El Sr. Blanco la agarro y la coloco en las colchonetas. Ella estaba despierta con los ojos bien abiertos, parecía asustada. La coloco de una forma en la que sus brazos no se podían mover.

-Mi dulce Adeline. Amor, ¿Qué nos hemos hecho? – le dijo el Sr. Blanco.

Ella empezó a gritar, cuando el Sr. Blanco tomo de sus caderas y comenzó a bajar su pantalón. A pesar del bozal fue horrible escucharla gritar. El Sr. Blanco se le acercó al oído, no alcance a percibir que le dijo, pero ella grito aún más y sus ojos parecían que estallarían. Él después de quitar el pantalón de ella, ato sus dos pies separados y con una palanca la elevo, ella quedo tendida en el aire a la altura de la cadera de él.

Me volteé, no pude seguir mirando. Ella gritaba, pero dejo de hacerlo después de un rato. No pude mirar. Me hice un ovillo en el suelo e intenté no hacer ruido.

Después de unos minutos escuche el cierre de una braqueta. Apreté los ojos. Y le dijo.

-Te veré mañana Adeline, mi amor.

La acomodo como yo la encontré. Y se fue.

Salí de mi escondite. Observe que estaba llorando, cuando me acerque se sobresaltó. Pero después me miro confundida. Me acerque a ella y le quite el bozal. Respiro agitadamente. Se lamio los labios y respiro profundo. Intente mientras desenredar las cuerdas que la tenían presa.

- Ayudame – dijo mientras respiraba, seguido me dijo -¿Quién eres? ¿Qué haces aquí? Corre niña, corre. Huye de aquí.

-Yo… me llamo Minerva. Buscaba una salida. Te ayudare.

-No, no me ayudes. Corre, lárgate de aquí. No vuelvas.

-Pero ¿no te quieres ir? – la mire muy confundida, por su negativa.

-Niña yo ya no tengo salvación.

- Pero pediste que te ayudara… ¿Quién eres? – le pregunte. ¿Por qué querría quedarse?

-Soy su esposa. Su ex en realidad. - ¿Qué?

- ¿Por qué te tiene aquí? – todo esto era muy confuso.

-No le gusta coger con nadie más. Yo lo abandone cuando él empezó… a… raptar personas. Y desde entonces no me deja ir.

- ¿Por qué no te quieres ir? – le dije.

-Lo intente. Pero me busco, me busco y me busco. Jamás me dejo tranquila. Aquí o afuera, me buscaba, me violaba. Aquí o en la calle, aquí o en un hotel, aquí o en cualquier parte. No pude escapar jamás. Siempre alerta en cada esquina. Jamás comía tranquila, jamás dormía tranquila y cuando creía haber escapado, él volvía para demostrarme que jamás me dejaría ir. Hasta que un día, me drogo y me secuestro, pero él lo hizo por amor. Escapar contigo, suena tentador. Pero ¿luego qué niña? Ya estoy acostumbrada a esto. Además, creo que le amo. Siempre es tan dulce… estoy enamorada. Él me tiene aquí porque me ama, teme perderme de nuevo, por eso me amarra…

Sonaba tan tranquila y convencida. Me dio asco. ¿enamorada de ese bastardo? La violaba y la mantenía en un solo cuarto, las veinticuatro horas. ¿le gustaba? Ella siguió divagando, tan segura de que estaba enamorada. Y pensé, ella tiene razón no tiene salvación. No puedo ayudarla. Estaba muy dañada. Eso me dio tanta tristeza. Solo me pude dar la vuelta y salir de aquel cuarto, con el corazón en la mano. La tremenda oscuridad me invadió. Sentí culpa al dejarla ahí. ¿Pero que podía hacer por ella? Estaba tan confundida de su propia realidad que no podría ni siquiera correr para escapar.

Subí los peldaños lentamente. Al llegar al despacho, estaba oscuro. Salí de aquella habitación. Camine, hasta el final del pasillo. Pero nada, una sola ventana. Hacia el otro lado estaba el comedor, y en la puerta adyacente estaba la cocina. Todo cerrado. Hacia el otro lado del pasillo se encontraba una puerta. pero estaba cerrada.

Desistí en mi intento. Estaba muy cansada, el sueño no me permitió seguir. Subí las escaleras y abrí mi cuarto.

Cuando estaba a punto de acostarme, observe un pequeño papel en rojo, encima de las sabanas.

¿Te gustaría que fuera tu madre?

Veras las consecuencias de la desobediencia.

* * *

Me quede sin aliento. Los ojos se me abrieron como platos. Me quede tensa en ese mismo lugar. Me había visto. Me descubrió. La amenaza era clara. Por dios que eh hecho.

-Minerva, Min… amor. Debes despertar ya, debes ir a la escuela linda.

-¿Mamá podemos quedarnos en casa hoy? Tu, papá y yo.

-Mi niña, pero tendrás que practicar con tu padre.

-Odio practicar.

-Entonces a la escuela.

-Aaahhh… está bien practicare. – Salí de la cama. Fui hacia el sótano, donde era el taller de papá.

* * *

-Min, hola mi amor. – al voltear mi padre vi a el señor blanco. De repente la imagen cambio, él se besaba con mi madre apasiona-damente, le tocaba todo el cuerpo y se reía.

Desperté gritando, agitada. Llorando. Por dios. Mi madre. Había puesto en peligro a mi familia. Dios, dios, dios, dios. Que he hecho. Me sentía cansada. Aterrorizada. Me abrace de las rodillas y llore. No pegue un ojo en lo que resto de la noche.

Cuando por fin se hizo de día, me levante y me bañe. Baje lentam-ente las escaleras, hacia el comedor. Me senté sin ver a los ojos a aquel hombre al que tanto temía. Empecé a temblar. Sentía como él me miraba, su mirada tan pesada.

- ¿Te divertiste anoche? – me dijo burlándose.

-No le haga daño a mi madre. Hare lo que sea. – perdí toda mi dignidad. ¿Qué podía hacer? No quería que la lastimara.

-Ya creo que lo harás Minerva. Espero no se repita. ¿Quedo claro? – me dijo. Y solo pude quedarme en silencio con la cabeza agachada.

- ¡Te pregunte que si te quedo claro! – grito azotando la mesa y levantándose.

-Si… si – dije con mucho miedo y con ganas de llorar.

-Bien. Largo. No te quiero ver. – me dijo.

Me levante de la mesa. Sin querer mirarlo. Tenía que huir. Tendría que ser hoy.

❊ ❊ ❊

Cuando dio la hora. Baje con mucho cuidado. No había nadie. Corrí a través de la sala comedor hacia la puerta. La reja estaba abierta. Baje las escaleras rápidamente. Todo parecía perfecto. Muy perfecto.

Me metí entre los cipreses. Paso alguien junto a mí. Algún guardia o algo. Entro una camioneta muy lujosa negra. Me quede parada. Se detuvo cerca de las escaleras de la puerta. Salió el conductor y abrió la puerta trasera. Salió una chica alta, morena, de acentuadas curvas a pesar del uniforme que llevaba, cabello negro y ojos verdes. El conductor agarro su brazo y con un poco de brusquedad la hizo subir los peldaños de la escalera. Desaparecieron al entrar a la mansión. Alguien más se llevó la camioneta y el camino volvió a estar libre. Avance por la pared de cipreses, me rasguñaban la piel de lo juntos que estaban. El gran paso. Tenía que pasar a la pared de enfrente de donde emergía enorme reja.

Cerré los ojos. Todo mi cuerpo temblaba…

Me iba a quebrar… tan cerca de mi libertad. Me quede parada entre los verdes árboles, entre las ramas que me provocaban picazón.

Me arme de valor. Voltee a todos lados para revisar que no hubiera alguien que arruinara mi perfecto escape. Salte de la arboleda, corrí con todas mis fuerzas a la pared de enfrente. Cuando llegue entre bruscamente entre las ramas. Sentí que algo goteaba en mi mejilla. Me había cortado.

Mi agitada respiración me asustaba. Estaba a unos metros de la reja. De esa enorme reja. Escuche un pequeño zumbido. La pequeña cámara que revisaba la reja. Giraba 180° de un lado a otro, tenía que ir con ella. Justo en su punto ciego. Me moví muy lentamente en dirección a la reja. Pase a la parte más angosta, casi no había ramas que pudieran cubrirme. Seguí avanzando cada vez más rápido. Sentía como la sangre corría por mí, desesperada por salir de ahí.

Vi la calle. Por fuera, el pavimento tan negro. Parecía un rio. Me pare al costado de la puerta. Librando la cámara. Y respire, muy hondo. Las piernas me temblaban.

Salí corriendo a toda prisa. Por el pavimento tan caliente. Corrí. La casa estaba en una cima. Era enorme. Mas grande de lo que pensaba que era.

Pero al terminar la pequeña colina, una calle en picada. Se veía muy vertical para mí. Y me balance, cuando cobré el sentido, salí disparada cuesta abajo. Al terminar la calle, se avistaban unos coches.

Bloqueando la calle. Un pequeño hombre de traje. Parecía pequeño desde donde yo lo veía.

Era mi fin. Entre mas me acercaba, era obvio para mi.

Era el Sr. Blanco.

www.ingramcontent.com/pod-product-compliance
Lightning Source LLC
Chambersburg PA
CBHW052011150726
47999CB00004B/1608